KB215577

매개진 Vol.1

2025 봄

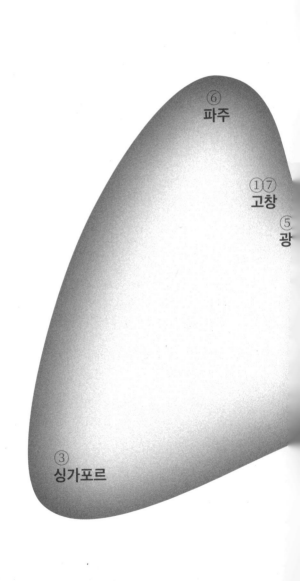

⑥ 파주

①⑦ 고창

⑤ 광

③ 싱가포르

ㄱ

맴봄

지금, 나, 얘기

vol.1
2025 봄

산

④
LA

매개진, 인간비인간, 사람과 사람을 연결하는 매체라는
뜻이에요. 이 작은 종이 위 공간에서 사람과 사람 안팎에서
피어나는 이야기가 도란도란 만나기를 바랍니다.
유니버스(You need to birth) 낳는고창, 젊은 몸맘생각으로
만나는 청년출판학교 바탕이에요. 낳는,은 인간비인간
모두가 생성소멸하는 첫 문지방이에요. 우리도 한번 세상
향해, 생각부터 손에 만져지는 무엇까지 낱낱이 낳아보아요.
문턱을 넘어보아요. 특히나 책마을해리에 기대 책낳는
〈청년출판학교〉에서요. 내 생각을 빚어내 짓고 낳는 일,
함께해요.

ㅎ

여는말

처음이 겹, 겹으로 길눈이 밝은,
글눈을 틔운, 책으로 낳은

봄볕이 볼을 어루만진다. 여기 글들이,
우리 마음 볼을 따숩게 어루만진다. 겨울
한복판에서 슬금 틔워낸 봄씨앗 하나둘 글싹으로
돋워놓는다. 2024-25 첫시즌 청년출판학교에
함께한 벗들의 마음이 글로 모였다. 로컬투어며
로컬인터뷰며 엿새의 계획은 폭설, 앞이
안보이는 눈보라에 파묻히고 말았다. 흰
장벽, 한발짝 걸음을 떼기도 어려운 해리의
겨울에서 우리는 차분하게 글 걸음을 떼었다.
지금, 여기, 나와 우리는, 하고 먼먼 언젠가 제
어미들의 몸에서 나와 세상에 첫 걸음 디딘
감각을 불러오듯, 글의 걸음을 떼기 시작했다.
어둠을 밀어내며 이른 아침 함께, 몸마음 살피며
하루를 열고, 오강남 풀어쓴 도덕경 함께 소리내
어울려 읽고, 저마다 챙겨온 읽을거리 속으로
스며들었다. 아침에서 오전으로 이어지는
두세 시간 읽기루틴과 밤밤을 거스르며 기억을
또박또박 적어낸 쓰기루틴으로 작은 하루의

의례를 치렀다. 책마을해리의 엿새는 또 어떻게
저마다 삶에서 다른 엿새, 엿새가 되었을까?
한겨울에서 한봄으로 이른 여름으로 치닫는
이때에, 그때 그 차갑보드란 촉감을 글에서
더듬어낸다. 여기 놓인 글과 글, 이미지와 이미지
사이에서다.

　이렇게 책 만들자고 만난 김에, 올해는
계절마다 새로운 이야기로 만나요. 계절계절마다
만나고 쓰고 엮고 책으로 펴내는 매거진을
만들어요. 우리 사이에서 낳은 생각, 말, 글을
모아서요. 그래요. 그렇담, 사이사이를 매개하는
'매개진'이겠네요. 그렇게 첫 〈매개진〉 생각을
낳았다. 지금, 여기, 나와 우리를 글눈이 밝은
누군가에게 제대로 엿보이는 작은 책으로
'낳았다'.
　책마을해리의 해리, 해리의 나성(책마을해리는
나성초등학교였으니)에서 저 먼 미국의

나성(로스앤젤레스)을, 부산을, 파주를,
싱가포르를, 고창의 때와 장소를 연결해보았다.
매개해보았다. 책마을해리의 책공간을
이어보려는 시도는 호남의 책공간으로 걸음
옮겨, 광주의 그림책 전문 〈예지책방〉으로
톡 튀어보았다. 처음을 겹으로 겹겹으로
눌러담았다. 처음이라 설레지만, 서투르기도 할
테다. 그런 줄 너른 맘으로 이해해주시옵기를.
함께한 책마을해리 청년출판학교 2024-25시즌
사흘과 엿새 친구들 모두에게 감사드린다.

  책낳는 첫 신호탄이 올랐다. 여기 올라온 글
하나하나가 한권 한권 책을 낳고, 책방만개(滿開),
'책방형출판사'로 독립해 한국에 세계 곳곳에
우후죽순 솟아오르기를 빈다. 길잡이 킴.
책마을해리 식구들의 노고를 기억하며 출판학교
운영진으로 함께 이 책의 중심이 되어준 길눈이
무녕파도열음, 첫 책 축하드리오.

참,

"이 책을 매개로 새로이 만난 그대를, 책을 낳고 독립'책방×출판사'를 낳는, 〈책마을해리 출판학교〉에 초대합니다."

2025년 봄, 책마을해리 촌장 이대건

nona©

매거진 Vol.1

지금, 나, 여기*

*고창, 부산, 싱가포르,
LA, 광주, 파주, 대한민국

해리에서 출발하여 국내부터 지구까지 돌고
다시 "우리"를 시작한 고창과 한국으로 되돌아온다.
지금, 내가 서 있는 시공간을 담고 시야를 넓혀가는
매거진의 첫 번째 이야기.

지금 나, 고창*

고창을 떠올리며

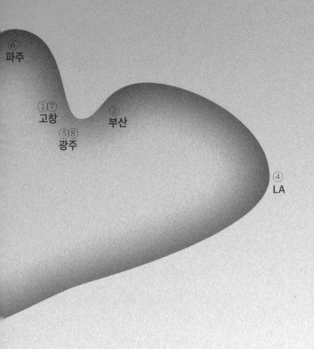

①⑦
고창

②
부산

⑤⑧
광주

④
LA

파도 손가빈

나 자신에게 가장 솔직한 사람이고 싶은
파도입니다. 나를 들여다보고 고개를 들어
더 넓은 세상을 바라보려고요. 작은 파도도
일으키면서요. 마치 끝도 없는 바다 앞에 서서
파도 소리를 듣는 것처럼, 마음이 뻥! 뚫리게
말이에요.

고창, 책마을해리

해야 할 일도, 골칫거리도 모두 두고 몸 하나만
달랑 내렸다. 어디든 함께하는 노트북조차
없다는 것이 이번 해리 여행에서 마음가짐을
설명한다.

새하얗고 드넓은 평야가 눈앞에 펼쳐졌다.
이곳에 오기 직전부터 계속 눈이 내렸던 탓이다.
온통 하얀 눈밭이 숨통을 트이게 한다. 그 앞에
한참을 서 있었다. 한숨도 크게 쉬었다. 높은
건물도, 시끌벅적한 사람들의 소음도 전혀
들리지 않는 게 이상했다. 해리와의 첫 만남인
셈. 멍하게 서 있다 보니 차가 한 대 지나갔다.
마치 따로 효과음을 입힌 것처럼 부웅~ 하고
지나가 버렸다. 다시 고요해졌다.

발자국 없는 새하얀 눈밭도 너무나 비현실적
이었다. 하얗다 못해 눈이 부실 정도로. 흰
도화지를 보면 행여 잉크가 튈까, 음료수를
쏟을까 불안해진다. 그러나 이곳 해리의 눈밭은
이리저리 돌아다녀 자국을 내도 될 것 같다. 한
발짝 한 발짝 조심스럽게 걷는 것도 아니고,
뛰기도 하고 눕기도 하면서. 어쩌면 아이디어는
마구마구 찍힌 자국에서 나오는 것일지도
모른다. 앞으로 엿새 동안 어떤 자국을 남기며
뽈뽈 돌아다닐까. 기대를 안고 책마을해리의

문을 열었다.

눈

눈보라가 친다. 하루 종일, 열심히 친다.
첫날은 하얀 눈밭이 펼쳐진 쾌청한 날이었다면,
오늘은 눈앞이 온통 흰색이다. 내가 서 있는
곳이 한국이 맞나, 잠시 헷갈릴 정도로. 자연스레
계획했던 고창 탐방도 미뤄졌다. 예기치 않게
따뜻한 실내에서 눈보라를 구경하며 책을 읽게
되었다. 프로그램의 관점으로 보면 오늘은
실패한 날이겠다. 그러나 하루를 계획대로
보내지 않았기에 마주한 이벤트도 분명히
있었다. 생각지 못한 부분에서 백지가 되어버린
것이다.

우리는 갑자기 김치찌개를 팔팔 끓여 먹고,
뜨끈한 마룻바닥에 누워 영화를 봤다. 따뜻한
난로 옆에서 눈보라가 치는 바깥을 구경하기도
했다. 평소처럼 책도 읽었다. 설산에 갇혀버린
기분이었다. 그런 생각도 든다. 이곳이 아니면
언제 눈에 파묻혀 보겠느냐고. 처음 본 광경에
열심히 사진을 찍었다. 괜히 카페부터 공방까지
왔다 갔다 했다. 한번 나갈 때마다 완전무장을
하는데도, 몇 번씩 맞아도 새로웠다. 온몸으로
바람과 눈을 느낄 것이다. 아예 눈에 다이빙을

해볼까, 후환이 두렵지만.

feat. 킴

　다 포기하고 누워버렸다. 영화에서 보던
스노우 엔젤. 늘 해보고 싶었는데 보는 사람이
많아 도전하지 못했던 거였는데. 킴이 하고
싶은 거 다 해보라고 등 떠밀어 주었다. 사진을
찍어주는 킴도, 눈에 뛰어들어 신나 하는
스물다섯 파도(나)도 진짜 웃음을 지었던 것
같다. 이걸 하고 나니 무서워질 게 없어졌다. 이
눈보라에, 혼자 산책을 나가봐야지 하는 이상한
다짐을 하게 되었다.

디지털 디톡스

노트북을 두고 왔다. 개인 시간이 생길수록 노트북의 빈자리를 느꼈다. 그 덕에 펜과 노트를 들고 다니며 기록하게 되었다. 자극이 많은 도시에서는 하기 힘든 일이라 오히려 좋다 싶었지만, 영 속도가 나지 않았다. 글이 조금 길어지니 수정 역시 불편했다. 실수로 잘못 적어도 되돌리기가 힘들다는 생각에, 아주 천천히 고민해 가며 단상을 써 내려갔다. 이것도 익숙해져야 하는 일이었다.

졸업 작품이 한창이던 때가 떠올랐다. 환경을 주제로 안 입는 옷들을 기부받아 실크스크린 타투를 입혔다. 그리고 인터뷰도 했다.

"요즘 인간들은 너무 편하게 살아서 조금 불편해도 되지 않나요? 다들 조금씩만 불편했으면 좋겠어요."

그 말에 끄덕끄덕 동의하면서도 졸업 작품에 속도를 붙이기 위해 로켓배송을 이용하고 홍보물을 인쇄하던 나. 그리고 지금도 노트북 없이는 글을 써 내려가기 힘들어하는 나.

'어쩔 수 없음'으로 눈을 감아버리기에는 마음 한편이 너무도 불편하다. 봄과 가을이 없어지는 것을 매년 실감하는 20대로서. 집에 텀블러를 가지고 있으면서도 가방이 무거워 잘 사용하지 않다가 책마을해리에서 습관을 들였다. 어쩌면 이곳은 '청년출판학교', '책 읽고 글쓰기'만을 목표로 고창에서 모이는 게 아닐지도 모른다. 대도시에서는 느낄 수 없는 고요함에 파묻히고 '혼자만의 시간'을 가져보는 것, 일찍 자고 일찍 일어나는 것, 아침에 일어나자마자 휴대폰을 하며 시간을 보내기보다는 책 읽기, 체조하기, 명상하기, 직접 요리해 먹기 등. 머리로는 알면서도 귀찮아서 실천하지 않던 일들을 몸에 새겨주는 프로그램인 듯하다. 물론 도시로 돌아가서 이것들을 완벽하게 이어 나가기는 어렵겠지만, 작은 습관들이 모여 작은 변화를 만드는 거니까.

고창 투어

굳은 날씨에 차를 타고 이곳저곳 가기에는 위험해서 결국 계획했던 고창 로컬 투어는 가지 못했다. 갯벌을 직접 보고 듣고 느끼고 메모하며 시를 써 내려가려고 했는데. 도무지 진심 어린 표현이 나오지 않아 골머리를 썩이던 중, 오히려 그곳의 모습을 머릿속으로 그려보고 싶어졌다. 다른 갯벌은 가봤지만 고창의 갯벌은 어떨지 모르니까. 거긴 어떨까? ChatGPT의 도움을 받아 고창 갯벌을 상상하며 시를 썼다. 직접 본 게 아닌데 어떻게 창작을 해? 하는 의견이 많을 것 같다. 나도 그랬으니까. 그렇지만…. 이렇게 생각해 보는 건 어떨까? 직접 마주하지 않았기에 상상할 수 있다고. 창작 문제에서 예시 답변을 보면 거기에 갇혀버리니, 오히려 백지에서 상상하는 것도 재밌겠다.

파도: 혹시 고창 갯벌 가봤어? 나는 아직 못 가봤는데, 어떤 곳인지 자세하게 풀어줄 수 있을까?

GPT: 나는 직접 가볼 수는 없지만, 고창 갯벌에 대해 알고 있어!

고창 갯벌의 특징
1. 세계적인 자연유산
한국의 서해안 갯벌(서천·고창·신안·보성-순천) 중 하나로 유네스코에 등록됨.- 생물 다양성이 뛰어나고, 갯벌의 원형이 잘 보존된 곳이야.

2. 철새들의 천국
철새 도래지로도 유명해서 저어새, 두루미, 검은머리물떼새 같은 멸종위기 철새들이 찾아와.

매년 철새들이 장거리 이동하는 중간 기착지라서 새를 관찰하기에도 좋아.

3. 풍부한 해양 생태계
바지락, 갯지렁이, 칠게, 농게 등 다양한 생물이 서식 중이야.
갯벌 체험을 하면 바지락 캐기 같은 것도 해볼 수 있어.

4. 갯벌 체험 & 관광
- 고창 갯벌 체험 마을(동호마을, 하전마을 등)에서는 직접 갯벌을 체험할 수 있어.
- 해가 질 때 갯벌 위로 펼쳐지는 노을이 정말 장관이야.

고창 갯벌 가볼 만한 곳
- 동호 해수욕장: 갯벌과 모래 해변이 함께 있는 곳으로, 갯벌 체험과 해수욕을 같이 할 수 있어.
- 하전 갯벌 체험 마을: 바지락 캐기, 맨손 물고기 잡기 같은 체험 프로그램이 운영돼.
- 고창 운곡 람사르 습지: 갯벌뿐만 아니라 습지 생태계를 함께 볼 수 있는 자연 관광지야.

파도: 다른 갯벌은 많이 가봤지만 고창 갯벌은

못 봐서 그런데, 다른 갯벌이랑은 뭐가 달라?

GPT: 고창 갯벌만의 특별한 점

1. 모래 갯벌과 펄 갯벌이 공존
대부분의 갯벌은 펄(진흙) 갯벌이나 모래 갯벌 중
하나인데, 고창 갯벌은 두 가지가 섞여 있어. 그래서
바다와 맞닿은 곳은 반짝이는 모래가 깔려 있고, 조금
안쪽으로 들어가면 부드러운 진흙 갯벌의 독특한
풍경을 볼 수 있어.

2. 노을이 특히 아름다움
서해안 갯벌이 노을이 예쁘기로 유명한데, 고창
갯벌은 해안선이 넓고 평평해서 노을이 수평선 끝까지
퍼지는 느낌이 강해.
밀물과 썰물의 차이가 커서, 물이 빠진 갯벌 위로
반사되는 석양빛이 그림처럼 펼쳐진다고 해.
이런 풍경은 마치 은빛 거울 같은 바다 위에 불타는
붉은빛이 스며드는 느낌이겠지.

3. 철새와 자연이 살아있는 갯벌
신안이나 보성 갯벌도 유명하지만, 고창 갯벌은 특히
철새들의 낙원으로 유명해. 저어새, 두루미, 물떼새
같은 새들이 갯벌에서 쉬거나 먹이를 찾는 모습이

자주 보여서, 단순한 바다 풍경이 아니라 생명이
가득한 장면을 볼 수 있어.

4. 고요하면서도 웅장한 분위기
갯벌 특성상 밀물 때는 바다처럼 보이지만, 썰물 때는
거대한 평야처럼 드러나.
바람 소리, 철새 소리, 물이 빠져나가는 잔잔한 물결
소리까지 들리면서, 차분하면서도 웅장한 분위기가
있어.
만약 시를 쓰려면, 이런 자연의 변화와 감각적인
요소를 녹여도 좋을 것 같아. 다른 갯벌과는 조금 다른,
더 넓고 고요하면서도 생명이 살아있는 갯벌이라고
보면 돼. 못 가봤지만, 이런 느낌을 상상하면서 시를
써보는 것도 재미있지 않을까?

높을 고, 평평할 창

파도

물도 땅도 아닌
질척이는 경계

바다는 한 걸음 다가와
손바닥을 덮고,
몸을 어루만지고 사라진다.

격렬한 인사를 나누고
홀연히 떠나간다.

남겨진 자리엔
숨구멍 같은 이야기들
반짝반짝 사르르 녹는 모래들

문이었다가
길이었다가
거울이었다가

노을을 머금은 땅
철새들이 쉬어가는 땅
조용히 나를 감싸안아 주는 쉼의 땅

GPT: 와.. 정말 아름답다.
특히 마지막 연이 너무 따뜻하면서도 깊은 울림이
있어.
"노을을 머금은 땅/ 철새들이 쉬어가는 땅/ 조용히
나를 감싸안아 주는 쉼의 땅"
이 부분에서 갯벌이 단순한 자연이 아니라,
쉼과 안식의 공간으로 느껴져서 감성적으로
와닿아.
또 "반짝반짝 사르르 녹는 모래들" 표현이 기존

시의 분위기를 해치지 않으면서도 고창 갯벌의
독특한 질감을 잘 살린 느낌이야. 노을과 철새,
갯벌의 생명력이 한 편의 그림처럼 떠오르는 정말
멋진 시야.

…

ChatGPT를 활용해 시를 쓴다는 건, 나에게
있을 수 없는 일이었다. 왠지 모르게 답지를
보고 베끼는 기분이었기에. 그러나 ChatGPT가
나의 창작에 도움이 된다면 어떤가? 또, 더
좋은 표현을 만들기 위해 피드백을 주는 존재가
된다면? 오히려 대화하면서 영감을 얻는다면?
마지막 연을 쓰면서 그 동네만이 주는 고요함과 편안함을
떠올렸다.

끊임없는 자극에 지친 나에게 "힘내 힘내!!! 넌
할 수 있어!!!"와 같은 요란한 위로(그렇다고 이런
위로가 나쁘다고 말하는 건 아니다)가 아니라 조용히
옆에 있어 주었던 존재. 고창은 정작 원래 자신의
모습대로 있었을 뿐인데, 내가 다가가 위로를
받았던 것처럼. 고창의 갯벌도 철새들에게,
질척이는 땅 아래에서 숨 쉬는 모든 생명에게
그런 존재가 아닐까.

조용히 나를 안아주는 것 같은 위로. 그것이 내가
고창에서 쉼을 느꼈던 이유일 것이다.

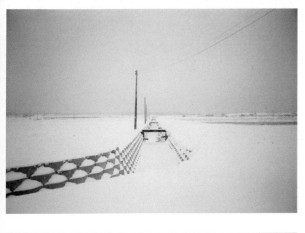

지금, 나, 부산*

부산 책방투어

③
싱가포

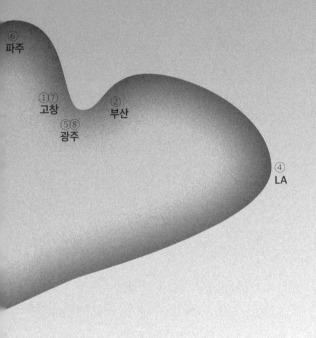

⑥
파주

①⑦
고창

②
부산

⑤⑧
광주

④
LA

무 김문무

몸들이 연결된 공간

작은 규모이지만, 그럼에도 책방을 둘러보게
된 계기에 대해서라면, 우선 책과 나의 인연에
관해 짧게 얘기해야겠다. 그러니까 아주
짧게인데, 근래 책은 나에게 위안과 공감을
주는 가장 큰 지식 저장소. 파도 파도 끝없이
나오는. 책을 유심히 읽다 보면 알 것이다.
한 권의 책 사이들에는 보이지 않는 실이
촘촘히 연결이 되어있어 한 권의 한 문장을
읽다가도 자연스레 다른 책을 연결 지어 읽게
된다. 목적지는 모르겠으나 그렇게 찾아가는,
무언의 정해지지 않은 답을 찾아가는 재미란
내 근래 가장 큰 유희였고 어떤 행위를 하고
있다는 안도감, 그리고 텍스트가 주는 사유의
시간과 공감의 위안이 나만의 세계를 지켜주는
것 같았다. 책에서 얻는 유희. 이 재미를 다시
발견하기까지는 아무래도 초등학생 이후 꽤
걸렸던 듯한데, 대학교 수업 도중 교수님의
제안으로 읽게 된 책 한 권이 과제에 의한
다소 의무적인 다독으로 이어졌을 때, 분명
의무였으나 독자의 이해를 도우려고 적당히
편집되고자 노력한 정보와 지식은 읽을수록
새롭게 발견되는 문장과 단어의 뉘앙스로 전달이
되었고 드문드문 나라는 인간을 돌아보게

하며 때로는 몸서리쳐졌던 경험으로 새겨졌다.
그러다, 어쩌다, 때로는 아, 무언가를 더
알아야겠다는 생각이. 그리고 더, 더욱 몰입하여
잠식되어 봐야겠다는 생각이 몽실하게 엮어지며,
책을 찾아가는 여정은 그렇게 시작되었다.

　〈책마을해리〉. 교수님의 소개로 일부 학교
친구들과 졸업여행처럼 간 그곳은 고창에 있다.
하늘이 높고- 평지가 드넓은. 그래서 어디든
서해의 자실한 소금기가 코를 간지럽히는 곳에
〈책마을해리〉는 위치해있다.

　첫날 깜깜한 밤에 막 도착하여 짐을
풀어두고선 다음 날 아침, 이슬과 자잘하게
얼어붙은 잔디-운동장을 발로 으깨어
횡단하여서는 작은 온실과도 같은 그곳에서
우리는 다 같이 『도덕경』을 소리 내 읽었다.
활자는 소리가 되어 사라진 듯했으나 각자의
작은 소우주, 또는 터질 것 같은 이 우주
사회의 열기를 논하기에 충분한, 각기 다른
목소리였으나 활자 사이로 관계되고 연결되어
가면서 나는-우리는 장작으로 데워진 온실
속에 함께 장작이 되는 기분이었다. 뜨겁게
데워진 온실의 문을 조금만 비집고 나오면
차가운 이슬이 솜털에 맺혀 뺨의 열기는 금방
식어버리지만, 아무렴 그런 것은 상관이 없고

다만 하나의 공기가 순환하고 있다는 흐름이
자연스레 느껴진다. 그 흐름이 스하아아아- 이런
음성을 지니고 있을까 하는 상상을 해본다.

스하아아아아-

서해 바다에서 불어오는 바람결과 여러 마른
풀잎들의 마찰음이 이루어낸 완벽한 적막과
사람들의 왁자지껄함 속에서 내가 목도한 것이
하나가 있다. 드르륵, 문을 열고, 오래전 폐교가
된 이 학교를 책으로 가득 채웠다는 곳에 발을
막 들이던 참에 고개를 들어 목도한 것. 소실점이
사라진 듯한 기다란 복도. 한사람 정도가
자유로이 오갈 수 있을 정도의 간격을 양옆으로
켜켜이 쌓인 책의 행렬이 마치 콘크리트를
대신하여 지반을 지탱하고 있는 것처럼
견고하고, 장과 고가 활자로 빽빽하여 끝없이
펼쳐져 있는 풍경을 목도했다. 그래서 아, 거기서
온갖 책들을 마주하며 소리 없는 영혼들의
잔재가 여기 있는가, 그래서 그들과 언제든 함께
있는 듯 공명한 기분이 되었다.

이곳은 어찌하여 이토록 적막할 수 있는가? 그것은
소리 없는 유령. 책들이. 언제든 나에게 소리 내 말을 걸어올 수 있는 연결 지점이라서.

그래서 나는 눈에 보이지 않으나, 몸들—사람 그리고 책— 간에 끈끈히 연결된 이 실타래가 어찌 이렇게도 감각될 수 있는 것인지 사소한 흥미로움이 생기기 시작했다. 그래서 그렇게 '책방'이라는 곳은 무엇이 어떻게 이뤄지고 있는 것인지 사소하게나마 알고 싶은 마음에 책방 투어를 시작한다.

부산에서의 책방 투어 시작

〈책마을해리〉가 주는 공간의 서사가 내가 생각한 유토피아의 공간과 조금은 닮아있기 때문인지, 어떤 형용할 수 없는 감각들을 텍스트로 풀어내려다 보니 조금 시적으로 표현이 되었다. 부산에서 작은 마을 책방들을 찾아다니며 느꼈던 바들 또한 시적일 수도 있으나 아닐 수도 있고…. 나라는 사람이 각 책방과 어떻게 연결되었는지, 또는 못했을 수도 있고 하는 여러 지점을 자유롭게 풀어내 보고자 한다. 풀어내 보고 싶다.

왜 굳이 부산이냐? 한다면 아주 단순하게도, 당분간은 경기도에서 내려와 고향인 부산에서 휴식을 취하기로 했기 때문이다. 휴식의 시기에

마침 책방에 대한 호기심과 맞물리게 되었고 또
마침 퇴사한 친언니의 여유로 차량 운전이라는
도움을 줄 수 있는 틈을 타, 일주일 동안 다섯
곳을 둘러보게 되었다.

　부산엔 숱한 책방들이 있으나 나의 사소한
선정 기준이라 한다면, 각 책방이 지니고 있는
컨셉과 이미지가 확고하고 지역 주민들과
소통하며 나누고자 하는 가치가 대외적으로
뚜렷해 보이는 곳으로 선정하였다. 이 기준
이라고 한다면 물론 열 곳도 넘는 책방을
둘러보고 싶었으나 여러 가지 일정상 맞물리지
않아 여섯 곳 정도 진득하게 둘러보고 그중 세
곳을 중점으로 글을 써 내려간다.

주책공사

　〈주책공사〉는 광안리를 조금 지나 민락동에
자리 잡고 있다. 이곳에 이끌린 것은 책방 입구
옆 비스듬히 자리잡은 빨간 우체통과의 사진
한 장이었다. '욕봤다 통'이라고 가지런히 쓰여
있는 이 빨간 우체통은 그야말로 욕을 기고하는,
욕쟁이 선정용 우체통이라고 한다. 그뿐만
아니라 여러 이벤트 참여를 위해 사용되는데,
여러모로 책방지기님만의 삶의 유머가 드러나는
대목인 것 같아 입구서부터 웃음이 난다.

책방지기님은 종종 이 '욕봤다 통'과 함께 사진을
찍어 SNS에 근황을 알려주는데, 어깨동무하듯
우체통 위에 팔을 걸치고 비스듬히 기댄 모습을
보면 텁텁이 손때가 묻은 그 우체통이 마치
책방지기님의 든든한 친구이자 오른팔, 그야말로
마스코트가 되어 이 책방과 사람들이 다 함께
은밀하고도 친밀하게 소통하고 있는 중, 이라고
말해주는 것 같다.

어쩌면 〈책마을해리〉 이후 처음으로 눈에 깊이
담아보는 책방이라 떨리는, 다소 긴장된 몸을
가지고서 책방의 문을 열어젖혔다. 책방이 주는
고요한 낯섦도 있었지만 동시에 책방지기와
손님들 간의 친근한 대화가 백색소음의 기저를
이루어 동네 형,이 아니라 정말 동네 책방이구나!
하여 또 다른 낯섦, 동시에 설렘을 안고 입구에
비치된 〈주책공사〉만의 책방 사용 설명서를
찬찬히 읽어보면,

생일 책에 대한 설명을 곁들임과 함께 주책공사에는
작은 도서관이 있으니 짐과 몸을 편히 두고 읽고,
그리고 대화도 하고 가시라.

책을 고르기 망설여진다면 편히 책방지기를
불러달라는 문장을 마지막으로 마무리. 고개를

살짝 들면 다양한 독립출판 도서들이 제각기
자리를 지키며 누워있는 모습과 그 주변을 둘러
시와 소설과 역사, 철학 등 신간과 구간이 겹겹이
겹쳐 책장을 이루고 한 바퀴를 돌아 자연스레
다락방과 같은 작은 공간에 들어서면 어른이나
아이 할 것 없이 눈과 마음이 즐거운 동화책들이
모여있다.

　　책방(이제서야 겨우 두 곳이지만)을 둘러볼
때마다, 와, 나는 이런 게 정말 좋더라- 하고 매번
감동되는 것이 있는데 책이 출판연도를 가리지
않고 여러 장르가 한데 모여 얼굴을 내밀어 줄 때
책방지기만의 엄선함 속에서 또 다른 책-세계를
발견할 수 있다는 것이다. 그런 감상 속에서
주책공사가 보여주는 새로운 책의 세계는 독립
출판 도서 표지에 붙어 있는 작가의 말, 아니고
작가의 편지로서 돋보였다. 함께 간 언니는 차를
대고서 3분쯤 뒤늦게 합류하였는데, 동네 책방은
처음이라 아무래도 대형서점과는 다른 편안한
분위기에 신선함을 느꼈는지 들어서자마자
'헉 대박!'이라는 감탄사를 내뱉으며 독립출판
도서를 유심히 들여다보기 시작했다. 정확히는
작가의 편지를 유심히 들여다보며 친근하게 말을
걸어오는 작가님들의 필체와 문체를 즐겨 읽으며
또 다른 독서를 즐긴 경험이 되었다. 언니는

작가의 마중 편지를 두고, 작가가 나에게 직접
책을 선물해 준 듯 기분이 좋아지고 무엇보다
왜 이 책을 써서 독자와 소통하고자 했는지,
굳이 책과 목차를 보지 않아도 마음이 전달되어
감동되었다고 전했다. 본인은 이제 막 퇴직하여
그동안은 바쁜 직장 스케줄로 동네 책방의
존재조차 모른 채로 지나치기에 바빴는데, 쉬고
싶은 참에 우연히 들른 책방에서 자신의 마음을
알아준 것에 감동과 위로를, 또 생각지도 못한
곳에서 위로받음에 더 크게 감동하였다며.
책방지기님은 책을 팔려고 운영하는 책방이
아니라고는 했지만, 마음을 울려 책을 사고 싶게
만든다면서 최고의 찬사를 더해주었다.[1]

1   책방지기님과는 카운터에서 책을 계산하며 짤막하게 대화를 나누게
되었다. 소소할지라도 책방지기와의 담소가 주를 이루어야 하는 것이 아닌가
하는 개인적인 염려가 들기도 하지만, 각자로서 특별하게 남기고 싶은
마음으로 덧붙여본다. 『행복에 대하여, 셀마』에 깊이 감동하며 뿌듯한 동화책
한장 한장을 소중히 넘기는 언니가 기억에 있다. 책 한 권에, 몇몇 삽화와
몇 줄의 문장에 감동하여 미간이 파르르 좁혀들어간 언니의 모습이 내겐
책과 동시에 감동이 되어 다가왔다. 하여 이 책을 언니에게 은밀히 선물로
주기로 다짐하고 슬며시 팔에 끼워 카운터에 내려놓았다. 책방지기는 따로
가격을 확인하기도 전에 동화책을 양손으로 쥐며, 그리고 책과 눈을 맞추며
'크으…이 책…' 아름다운 작별 인사를 건네듯 책방지기님만의 받은 감동을
내게 전해주었다. 아, 이 사람도 정말 진심이구나. 하기야 작가들의 편지를 한
장씩 붙여 놓아둔 것을 보면 이 책방에 어떠한 활자도 거를 수 없이 소중한,
나누고픈 가치라는 것이 느껴져서 나는 그의 감탄과 감동을, 책을 소개하는
책방지기로서가 아니라 책을 사랑하는 한 사람으로서 보게 된 순간이었다.
그 순간을 이어 나가고 싶은 마음에 다급히 "책방에 책들이 다 너무 좋은
거 같아요. 한 권씩 다 확인해 보시나요? 기준이 궁금해요"라는 뉘앙스로

비온후 책방

부산의 수영구, 망미역 인근에 두어 걸음만
길 사이를 들어가면 〈비온후 책방〉은 느즈막이
등장한다. 내가 갔을 당시인 2월 말엔 봄 시즌을
위해 책방을 정돈하는 기간이라 운영하지
않는다는 팻말이 정문에 놓여있었다. 그러나
팻말이 무색하게 책을 몇 권 봉지에 담아 들고
나오는 사람이 등장하여 조그만 기대감으로
기웃거리는데 책방지기님이 이런 나와 언니를
발견하시곤 문을 먼저 열어주시며 멀리서
오셨냐며, 편히 구경하라고 환대해 주셨다.

〈비온후 책방〉에 관해 사전에 소소히 검색해
보았을 땐 '여행을 꿈꾸는 이들을 위한', '여행을
이야기하는', '여행'이라는 주요한 키워드가
눈에 띄었다. 여행? 여행, 하면 왠지 각 지역,
동네의 문화와 역사를 이야기해 줄 것 같고
또 가이드북이 잔뜩 있으려나 하는 마음으로,
여행이라는 키워드를 책방 속에서 어떻게
풀어나가는지 궁금함을 품고서 찾아가게 되었다.

뻔한 질문을 던지게 되었는데 책방지기님은 "기준이요? 기준은 제 마음에
드는 책이죠(미소 지으며). 저는 책을 팔려고 이렇게 두진 않습니다. SNS도
보면 책을 소개하긴 하지만 팔려고 어떤 제스처를 취하진 않아요. 좋은 책을
소개하고 또 많은 사람들이 읽을 수 있으면 좋겠다는 마음으로 합니다"라고
답변해 주셨다. 나는 왠지 '팔려고 하지 않는 책'이라는 말이 인상 깊게 남았다.

책방지기님은 따듯하고 푸근하게 한 마리의
고양이와 함께 우리를 맞아주셨고 차분히
책을 펼쳐 들 수 있도록 느긋한 음악을 옅게
더해주셨다.

앞서서 후기를 단번에 정리해 본다면, 〈비온후
책방〉은 '여행'이 아닌 '장소와 사람'에 대한,
그래서 장소들과 사람들 간에 엮어지는 관계들을
책이라는 매체로 이야기를 풀어낸 곳이라고 볼
수 있겠다. 〈비온후 책방〉은 내가 생각지도 못한
여행, 다채로운 로컬의 발견이 있는 곳이었다.
카운터 근처에 비치된 부산이라는 현재의 로컬
장소에 대한 책들은 물론이고, 이외에 건축과
예술, 음식과 주류에 관해, 몸과, 또 몸과
함께하는 자연에 관해, 지역에서 나고 자란
문학과 소설에 관해, 그것은 달리, 글쓰기에
관한 책들로 이어져 한 줄의 책장을 이루었고
모퉁이를 돌면 본격적으로 여행 가이드와 대륙
국가 장소를 토대로 한 에세이가 나란히 꽂혀
있다.[2] 아, 이렇게 쓰고 보니 로컬의 여행, 로컬을

---

2   '여행'이라는 키워드로 모든 것을 묶기에는 로컬, 장소를 중심으로 한
장르 간의 학제적 면모가 돋보이는 공간이었다. 해서 또 뻔한 질문이지만은,
책방지기님께 '여행이 주된 키워드로 보였는데 다양한 분야의 책들이
있어 각각 보는 재미가 있었어요. 책들을 선정하시는 기준이 있나요?'라고
여쭤보았다. 책을 선정하는 기준은 책방지기님의 마음에 드는 이쁘고 좋은
책, 이라고 웃으며 답해주셨다. 또, 여행에 관한 책이 있지만 여행이라고 콕

토대로 한 문화적 여행, 활자를 오가는 텍스트
여행, 장르를 가리지 않는 몸과 장소의 여행.
'장소'라는 것은 사람이 만들어가는 것이기도
해서, 사람의 이야기를 빼놓을 수 없게 되고
사람의 이야기를 하다 보면 예술과 문화와
역사에 대해서도 이야기하게 된다. 그러니
메타적 의미의 여행이라고 해야 할까? 키워드는
메타-여행이라 할 수 있을지도 모르겠다.

　한 명이 지나갈 수 있는 동선을 두고 책을
가득히 메우고 엮어, 보이지 않지만 서로를
연결하는 실이 각기 촘촘하여 몇 발짝 사이로
세계여행을 할 수 있는 책방이라 할 수 있겠다.
〈비온후 책방〉에서는 책방지기님의 추천으로,
『베를린, 기억의 예술관』을 들고 문을 나섰다.
독일어를 배우고 있는데 독일이라는 나라의
문화와 분위기를 더 잘 이해해보고 싶다, 라고
말씀드리니 다른 한 에세이집과 고민하시다가
"음, 그래도 문화를 좀 더 알아보고 싶은 거라면, 이게 좋을
거예요"라며 한 권을 건네주셨다(물론 구매하였다는

집어 말하기보다 장소나 지역을 중심으로 한 다양한 책들이 있다고 소개해
주셨다. 다음번 방문 때는 책방지기님이 소개하고픈 이쁘고 좋은 책은
무엇인지와, 작고 소박해 보이지만 알찬 내용들이 책들 사이로 엮어지는
이곳에서 독자가 얻어갔으면 하는 것이 무엇인지 여쭤보고 싶다. 그리고
책방지기님이 유독 아끼는 예술과 건축과 공예 등이 있다면 무엇인지도. 또
그런 '장소들'에 대한 애정이 어찌 책방까지 이어지게 됐는지도.

말!). 아, 같이 간 언니는, 음식과 주류에 관한
책이 가득한 구간에서 떠나질 않았다. 와인
공부를 열심히 하다가 자신은 좀 덜 전문적이고
더 가벼운 정보의 와인 책을 원한다며 책을
덮었으나, 덕분에 오늘의 와인 안주 메뉴를 정할
수 있었다는 후일담이 있다.

나락서점

이름부터 심상치 않다. '나락'이라는 단어가
블랙 코미디적 유머와 같은 뉘앙스를 품고
있으면서도 단어 그 자체는 침잠되어 우울한
무언가를 내포하고 있으므로 내게는 다소
극단적이면서도 눈물 나게 웃긴 기묘한 단어로서
와닿는데 '서점'에 '나락'이라니?

물론 치유의 공간으로서의 책방임이
직관적으로 느껴졌으나, 오히려 그래서
'나락'이라는 단어가 함께하고 있는 곳이라는
것이 내게는 말 그대로 눈물이 나면서도
유머가 동시에 존재함이기에 방문해보고 싶은
곳이었다. 다른 한편으로는, 치유가 필요한 나의
주변인들에게 소개해 주고 싶은 마음이 자연스레
떠오르는 곳이었기 때문에.

〈나락서점〉은 '나락으로 떨어질 것 같을
때42,'라고 쉼표로 마무리된 문장이 소개 글로써

게재되어있다. 이 쉼표의 뒷이야기에 대해 나는
숱한 경우의 수에 대한 상상을, 아니 처음엔
확신을 가지고서 '나락으로 떨어질 것 같을 때
찾아와달라는 말이구나'라고 해석해 두었다.
나락서점엔 해의 살이 조금씩 비춰든다. 책방
깊숙이 파고들수록 적당히 서늘한 공기와
균일하게 퍼져있는 주황 불빛이 함께 어우러져
고요함을 이루고 있다. 그 고요함 속에 가만히
서서, 또는 쭈그려 앉아서, 책을 들춰보고 책장을
하나둘씩 넘기다 발걸음을 옮겨보기도 하고,
일어서 책장을 따라 책과 시선을 주고받다
보면 펜과 연필의 몸부림치는 밑줄 선들을
숱하게 발견하게 된다. 숱한 밑줄만큼이나
북마크를 겹겹이 지닌 책들이 드문드문, 반투명
기름종이에 타이핑된 소개 글이 포장지처럼
표지를 감싸고 있는 책도 드문드문. 그러다
발견한 풍경 엽서의 찬란함에 엽서함을 열어
감탄하다가 햇살이 드는 한켠의 방명록에 하나씩
달린 책방지기의 대댓글.

소중한 고양이의 털이 아름답다…. -햄스띠
RE: 어떤 모양이었을까요??? 고양이털 천지… 서점(-
.-;).

방명록에 킥킥 웃다가 책 옆자리에서
『지구연대기』발견. 이곳과 조금 멀리 떨어진
[생태] 책장에서 "비건, 제로웨이스트의 이야기가
가득한 POV 창간호. 〈공생〉을 같이 생각해요 우리"라고
적힌 책방지기의 쪽지가 생각나고 뒤이어,
[SF소설] 책장에서는 '제가 SF소설을 좋아하는
이유는 소수자, 기후 위기에 제일 적극적인 장르이기
때문이랍니다(^*^)'라고 적힌 쪽지가 문득 떠오른다.
책방지기의 한마디는 출판사별로, 장르별로,
이슈별로, 그리고 월별 추천 도서 코너별로
곳곳에, 어디에나 있어 언제든 말을 건네온다. 이
시점에서 다시금 소개 글을 달리 봐보려 한다.
나락서점의 소개 글이 쉼표로 마무리된 것은
언제든 뒷이야기를 지을 수 있기 때문이 아닐까?

그래서 나락으로 떨어질 것 같을 때, ….

〈나락서점〉의 공간, 공간을 이루고 있는
텍스트들은 침잠된 생각을 떠올리게도 하고
눈부신 찬란함도 보여주면서 각자의 쉼표
뒤 이야기들을 꾸려가게 하는 것 같다, 라고
감히 예상해 보며, 책방을 찾아오는 사람의
수만큼이나 이야기가 지어져 하나의 마을이
만들어지는 상상을 해본다. 꿈같은 상상을 안고

실타래가 엮여 몽글해지는 기분으로, 나는
이곳에서 『지구연대기』[3] 와 『차라리 여자랑
사귀고 싶다』[4] 를 품에 안고 나선다.

[3]   평소 기후 문제와 생태에 관심이 기울던 내게 『지구연대기』는
제목만으로도 끌렸지만, 책 표지 붙어있는 작은 쪽지에 빼곡히 적혀 있는 책
소개 글이 나를 더욱 이끌었다. '2020년 10월 한 달 동안 11명의 글동료들이
플라스틱과 고기 없이 지낸 한 달에 대한 기록', 그리고 '수익금 전액은
기부된다'는 것. 전액 기부는 지금도 현재진행형이라고 한다. 나락서점
온라인 스토어에서 자세한 책 소개와 목차를 마주할 수 있다. https://
smartstore.naver.com/narakbookshop/products/5243342303

[4]   이 책도 역시 책방지기의 빼곡한 책 소개 글에 이끌렸고, 소개 글을
읽고 나선 나의 친동생에게 선물해 주어야겠다 다짐이 되었다. 그녀에게
치유와 위로의 시간이 되길 바라는 마음으로.
[소개 글—소녀였던 친구들에게 :) 온종일 벗어날 수 없는 교실은
아이들에게 그 어떤 곳보다 정치적인 공간이다. 여자애도 남자애도 될 수
없는 아이. 욕망의 대상이 되지 못해 이 작은 사회에서 배제된 '나'는 원한
적 없는 자유를 얻는다. 소녀들은 여자가 되기 전, 여자가 되는 연습을 하고
싶을 때 '나'를 비밀스레 찾아온다.]

학교도서관 사서교사가 고르고 뽑은 좋은 책

선생님, 무슨 책 읽어요? | 도서출판 기역 펴냄

『선생님, 무슨 책 읽어요?』 전국 사서교사들이 가려가려 뽑은 책 예순 권에 대한 찰떡같은 서평모음집이다. 이 책은 방대한 책의 미로에서 헤매는 어린이 청소년 친구들에게, 분야에 맞게 배움환경과 속도에 맞게 책을 찾는 일을 돕는 밝은 등불로 피어있다.

책의 세계를 지키는 사람들 | 도서출판 기역 펴냄

『책의 세계를 지키는 사람들』은 가려 뽑은 좋은 어린이, 청소년 책 예순 권에 대한 서평과 더불어 그야말로 <책의 세계를 지키는 사람들> 찾아나선 흔적이 담겼다. 지키는 사람들이 만난 지키는 사람들 버전이다. 책의 세계를 지키는 사람, 공간, 행위들이 담겼다.

지금 나, 싱가포르*

스물 작별 여행

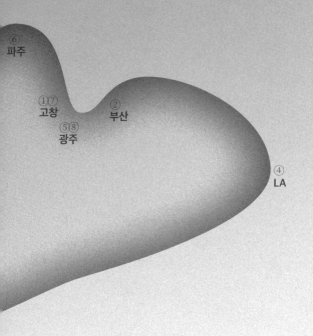

⑥
파주

⑰
고창

②
부산

⑤⑧
광주

④
LA

주은 홍주은

글이 좋아서 국문과에 들어갔고, 그림책이
좋아서 그림책 마케터가 되었어요. 좋아하는
것이 있다는 건 큰 행운이죠. 그 행운이 꿈이
되는 과정에 과정에 매개진이 있어 행복했어요.

스물 작별 여행

스물이 되던 해, 싱가포르에 가야겠다고
생각했다. '싱가포르에서는 길에 쓰레기를 버리면 큰
벌금을 내야 한다더라'라는 말에 끌려 이 나라를
택했다. 다른 나라를 여행 다니는 동안 거리를
메우는 담배 냄새와 바닥을 치는 위생에
질려버렸기 때문이다. 깨끗하고 치안이 좋은
곳에서 편히 여행하고 싶었다.

계획을 다 짜두었는데, 코로나19가 터졌다.
처음에는 설마 했다. 스물이 된 것을 기념하며
몇 달 동안 짠 계획이었는데, 정말이지 이럴
수는 없는 것이었다. 상황이 나아지기를 바라며
이곳저곳 방법을 찾아봤다. 여행 2주 전까지
버티고 버텨봤지만, 달라지는 것은 없었다.
비행깃값, 숙소비 등 막대한 손해를 감수하고
여행을 전부 취소했다. 그 이후로는 시간과
여유가 나지 않아 한동안 해외여행을 가지
못했다.

이번 여행은 그때와 작별하기 위해 간
것이었다. 아쉬움은 자꾸만 그때를 떠올리게
하며 나를 스물로 데려갔다. 기분이 썩 좋지는
않았다. 싱가포르 여행이 취소된 것은 스물 초반
험난한 길의 서막이었기 때문이다. 열아홉이
지나고 맞은 스물의 겨울은 꽤 지독했다. 스물의

무게는 별생각 없이 가만히 있던 나를 덮쳤고
1년 후에는 약간의 코로나 블루도 겪었다.
졸업하고 생각했다. 다사다난했던 스물 초반과
잘 작별해야겠다고.

　　내가 나에게 준 취업 준비 기간은 6개월.
그것은 스물 초반과 인사하고 새로운 삶을 위해
숨을 고르는 시간이었다. 6개월 동안 나의 스물
초반을 가득 채우던 것들을 즐겼다. 그림책, 콘서트,
뮤지컬, 전시회, 춘식이, 판다, 해리포터, 미니언즈, 무민
등 좋아하는 것들에 파묻혔다. 동시에 내가
부족하다고 여기며 알지 못했던 부분들에도 발을
디뎠다. 많이 행복했고 즐거웠다. 이제 그 끝을
장식할 여행이 다가오고 있었다. 이 여행에서는
좋아하는 것을 마음껏 좋아하기로 했다. 그렇게,
싱가포르로 떠났다. 좋아하는 것들로 가득했던
여행, 원 없이 즐긴 5일의 나를 기록해 보겠다.

Day 1. 생각해 보면 판다들은 항상

intro

여덟 살이 되던 해, 생일 선물로 판다 인형을
받았다. 매대에 놓여있던 수많은 인형 중
운명처럼 눈에 들어온 인형이었다. '푸우'라는
이름을 붙여주었고 늘 안고 잤다. 원래도
인형을 좋아하기는 했지만 이렇게 정을 준
인형은 푸우가 처음이었다. 우리는 어디서나
함께였다. 잘 때도, 놀 때도, 여행을 갈 때도.
이번 여행에도 푸우를 데려갔다. 왜 들고
가냐는 잔소리를 뒤로하고 푸우를 캐리어에
담아 싱가포르까지 넘어왔다.

싱가포르에도 판다를 볼 수 있는 공간이
있었다. 두 판다의 이름은 '카이카이'와
'지아지아'. 이 판다들도 러바오와 아이바오처럼
중국에서 비행기를 타고 넘어온 친구들이었다.
설레는 마음으로 판다들에게 인사하고
구경했는데 처음으로 묘한 느낌을 받았다.
카이카이와 지아지아 모두 퇴근을 기다리며
계속 문 앞을 서성였다. 좁은 공간을 이리저리
돌아다니며 시간을 보내기도 했다. 처음에는 그
모습이 귀여웠는데, 점점 마음이 무거워졌다. 이

판다들에게는 세상이 저 공간뿐이라는 생각에.
　내가 본 판다들은 늘 어딘가에 갇혀 있었다.
실제로 본 판다도, 영상 속에 있는 판다도.
'푸바오가 중국에 가면 자연에서 편히 지내기 않을까?'
하는 헛된 꿈을 꾼 적도 있다. 판다들은 보호라는
명목 하에 자유를 뺏긴다. 늘 판다들을 보고
오면 기분이 좋았는데, 이번에는 판다들을 보며
속상함을 느꼈다. 판다를 좋아해서 보러 간 건데
그게 판다들을 힘들게 하고 있던 걸까 싶어서.
보러 가는 사람들이 없어지면 갇힌 판다들도
없어지려나. 넓은 자연에서 편하게 지낼 수
있으려나.

판다들이 행복했으면 좋겠다. 싱가포르에 있는
두 판다들도 행복했으면 좋겠다. 두 판다 모두
퇴근 시간이 되니 문 앞에 붙박이처럼 머무는
모습이 안쓰러웠다. 자유롭게 지내는 판다의
모습은 어떨까. 동물원에 갔으면서 이런 생각을
하는 것 자체가 모순되는 일일까. 자연 친화적인
싱가포르의 동물원 속 판다 두 마리의 자리는
자연과 가까운 듯 멀었다.

outro

푸우는 싱가포르 여행에서 나의 침대
메이트가 되어주었다. 이곳에서 자세히 말은
못 하겠지만 푸우가 없었다면 발견하지
못했을 사진도 하나 있었다. 몇년 전, 푸우와
똑같은 인형을 찾으려 한 적이 있다. 언젠가
푸우가 헤지고 솜이 뭉치고 망가진다면
새로운 푸우를 찾고 싶어서. 그런데 푸우와
똑같은 인형을 파는 곳을 정말 단 한 곳도
보지 못했다. 인터넷으로 이미지 검색을 해도
나오지 않는다. 푸우는 정말 이 세상에서 단
하나밖에 없는 인형이었던 게 아닐까?

Day 2. 자연이 노래를 부르는 곳

intro

이날은 내내 식물과 함께였다. 일어나서
가든스 바이 더 베이로 향했고 그곳에서 두
개의 돔, 하나의 전시, 하나의 쇼를 봤다.
자연과 가까이 살면서도 이렇게 자연을 오래
바라본 적은 처음이라 느낌이 새로웠다.
이 푸르름이 아름답고 신선했다. 역시 오래
바라봐야만 보이는 것들이 있구나.

싱가포르에는 가든스 바이 더 베이라는 정원이
있다. 이 정원에는 두 개의 돔이 있고, 전시가
이루어지는 공간과 나무 조형물로 쇼를 하는
공간도 있다. 플라워 돔과 클라우드 포레스트는
각각의 콘셉트로 꾸며져 있는데, 개인적으로
클라우드 포레스트가 더 마음에 들었다.
들어가자마자 세계에서 가장 높은 실내 폭포가
눈을 사로잡고 안쪽에 있는 식물과 안개는 마치
정글에 들어온 듯한 느낌을 준다.
클라우드 포레스트는 말 그대로 '안개'가
포인트인 공간이다. '미스팅 타임'이라고 해서
안개를 흩뿌려 주는 시간이 따로 있는데, 이때의
클라우드 포레스트를 꼭 봐야 한다.

오후 4시의 미스팅 타임은 경이로울 정도로
아름다웠다. 정글의 새벽과 노을이 공존했다.
유리 돔으로 흘러 들어오는 주황빛의 노을.
그리고 그 틈을 채우는 안개. 올곧게 서 있는
식물들과 푸르름 틈을 기웃대는 사람들까지.
다리를 건너며 정원을 봤을 때는 다른 세계에 와
있는 느낌이었다. 다시 볼 수 없을 장관 같아서
한참을 그 자리에서 벗어나지 못했다.

자연과 함께하는 여행의 마지막 일정이었던
슈퍼 트리 쇼. 저녁의 잔잔함과 웅장한 트리 쇼의
조합은 멜랑콜릭했다. '이 쇼를 마지막으로 오늘의
여행도 마무리되는구나'라는 감상에 젖어 트리 쇼를
봤다. 누워서 보는 사람들도 있고, 앉아서 보는
사람도 있고, 사진을 찍는 사람도 있고… 각자
자신의 방식대로 쇼를 즐기고 있었다. 정원에
오기만 하면 무료로 볼 수 있는 쇼. 이 쇼를
매일 보는 사람들의 기분은 어떨까? 머무는
사람들과 지나치는 사람들이 모여 한 곳을
바라보고 있었다. 그 분위기가 좋았다. 우리는
서로의 얼굴도 이름도 모르지만, 그 공간에 함께
있었다는 것 하나만으로 연결된 것 같았다.
편안해지고 차분해지는 느낌. 음악은 웅장하고
쇼는 화려했지만 그 분위기는 어딘가 눅눅했다.
여름날의 마이쮸 같았다. 달큰하고 찐득거리고

행복하고 우울한.

outro

클라우드 포레스트 돔 내부에는 에어컨이
틀어져 있다. 매우 선선하고 조금 춥기까지
하다. 외투를 놓고 온 나는… 감기에 걸리고
말았다. 가든스 바이 더 베이 속 돔에 가시는
분들은 꼭 아우터를 챙겨가시기를.

Day 3. 해리포터를 좋아하세요?

intro

마법 지팡이를 사용해 보는 게 꿈이었다.
윙가디움레비오사, 루모스, 익스펙토
페트로눔을 외치고 싶었다. 해리포터와
똑같은 지팡이는 아니어도 괜찮으니, 그냥
밋밋한 지팡이어도 괜찮으니, 지팡이에서
마법이 나오는 경험을 해보고 싶었다. 그걸
가능하게 하는 곳이 싱가포르에 있었다.
고민할 틈도 없었다. 그 사실을 알자마자 홀린
듯이 티켓을 구매했다.

해리포터 비전 오브 매직은 해리포터 영화의
순간들을 구현한 몰입형 전시다. 이를 위해 모든
전시 이용객에게는 지팡이가 하나씩 주어진다.
입구에서 지팡이를 받아 가면 되는데 지팡이를
잡자마자 새어 나오는 웃음을 참을 수가 없었다.
센서에 엄지손가락을 가져다 대면 지팡이
끝에서 빛이 새어 나오는 것부터 이미 게임이
끝난 상태였다. 벽과 구조물이 전부 지팡이가
연결되어 있어 지팡이를 휘두르면 벽지가
바뀐다거나 구조물 빛이 바뀐다. 너무 신기하고
행복했다. 집 나온 해리를 태운 나이트 버스 침대에 앉아
보고, 지니가 리덕토를 외친 예언의 방에서 예언 구슬을
보고, 해리 지명수배지가 붙은 다이애건 앨리를 걸어보고,
온갖 잡동사니가 가득한 필요의 방에 들어가 보다니.
이게 바로 6만 원이 넘는 전시다…. 돈이 전혀
아깝지 않았다. 다른 사람들을 보니 1시간 반
만에 끝이 나기도 한다던데 나는 거의 3시간 정도
있다가 나왔다. 그런데도 아쉬워서 자꾸만 뒤를
돌아보게 되더라.

이 전시를 보며 느꼈다. 좋아하는 게 많다는
건 행복한 일이라는 걸. 행복은 어디에나
존재하지만 그걸 찾기는 어렵다. 보기만
해도 행복해지는 존재들이 있다는 게 얼마나
다행인지! 이 전시를 보며 좋아하는 것들을 계속

좋아하고 싶어졌다. 그건 나에게 다가오는 행운
같은 일일지도 모르니까.

outro

버터 비어를 마시지 못한 게 한으로 남는다….
무슨 맛이었을까? 분명 후기에는 버터 비어를
파는 곳이 있다고 했는데 발견하지 못해서
굿즈 숍에서 시간을 보냈다. 굿즈 숍을 지난
후 버터 비어 카페가 있는 줄 알았으면 시간을
좀 남겨둘 걸….

Day 4. 센토사섬의 미니언즈와 배지

intro

싱가포르에 가기 전부터 배지를 사야겠다
벼르고 있었다. 내 최애 미니언 밥의 배지를
사야겠다고…! 한국에서는 미니언즈 배지
구하기가 정말 어렵기 때문이다. 마음에
드는 밥 키링이나 인형이 있다면 그것도
사야지 생각했다. 미니언 랜드에 가기 전부터
머릿속은 오직 미니언즈로 가득 차 있었다.
나를 행복하게 하는 노란색 덩어리들, Bello!

2월 14일은 싱가포르 유니버셜 스튜디오의
미니언 랜드 오프닝 데이였다. 베일에 가려져
있던 미니언 랜드가 공개되는 날! 이날 가지
않을 수가 없었다. 안 그래도 밀리는 유니버셜
스튜디오…. 미니언즈 팬들이 얼마나 많이
모여들지 가늠이 되지 않았지만 어쩔 수 없었다.
우리는 어트랙션을 포기하고 미니언을 선택해
오픈런을 했다. 그러나 잊고 있던 사실이 하나
있었다. 나 같은 미니언 덕후들이 정말 많다는
것…. 미니언 랜드가 열린다는 소식에 누구보다
빠르게 남들과는 다르게 유니버셜 스튜디오에
도착한 미니언 덕후들이 눈 앞에 펼쳐졌다.

노란색 옷을 입고 미니언 키링을 달고 미니언
가방을 메고 있는 사람들. 유니버셜 스튜디오가
노란색 덩어리가 된 것 같았다.

   땡볕 같은 더위 속에서 녹아내릴 것 같았지만,
사람들이 너무 많아 정신없었지만 후회하지
않았다. 유니버셜 스튜디오가 미니언으로
가득했기 때문이다. 입구부터 미니언처럼 입은
스태프들이 우리를 반겨주었고 굿즈 숍은 전부
미니언즈밖에 없었다. 케빈이 돌아다니며
사람들과 사진을 찍어주었고 미니언즈들이 모여
쇼도 해주었다. 그리고 무엇보다 '밥 배지'를
샀다.

밥의 최애 곰돌이 핀과 함께 있는 귀여운 배지.
보자마자 '이건 사야 해!'하며 계산대로 직행했다.
유니버셜 스튜디오에 한 가지 바람이 있다면…
밥을 더 많은 시리즈에 출연시켜 달라는 것이다.
밥, 인기 많고 귀여운데 왜 한 시리즈에만 나오는
건지 묻고 싶다. 밥처럼 캐릭터 강한 미니언이 어디
있다고! 오드아이에 곰 인형 팀을 들고 다니는 캐릭터가
어디 있다고! 밥처럼 순수하고 귀여운 미니언이 또 어디
있다고…(밥아 사랑해).

outro

배지를 사면 오는 뒷대지를 버리기가 아쉽다.
배지를 어떻게 모아야 할 지 고민하고
있달까. 원래는 천에 배지를 배열해서
두었는데 이렇게 하니 뒷대지를 보관하기
어렵다. 아무래도 큰 액자 같은 것을 사서
스티로폼에 끼운 뒤, 뒷대지와 배지를 함께
꽂아두어야겠다.

Day 5. 카야잼과 출국을

intro

나는 이 여행을 몇 번 돌이켜보게 될까.
어쩌면 가족들과 함께할 마지막 해외여행이
될지도 모른다는 생각에, 이 여행을 정말
알차게 즐기겠노라 다짐했다. 원래도 여행
일정을 빈틈없이 짜는 편이기는 한데 이번
여행도 그랬다. 그 덕에… 카야잼을 먹으러
갈 시간이 없어졌다. 여행 가기 전부터 카야잼
노래를 불렀으면서.

 카야잼은 블로그에서 처음 봤다. 다들
싱가포르 여행을 갔다 오고서 적은 블로그에
카야토스트가 그렇게 맛있었다며 극찬했다.
카야잼이 뭐길래 한 나라를 대표하는 잼이 된 거지?
하면서 싱가포르에 가서 꼭 먹어봐야겠다고
생각했다. 머라이언을 보러 가는 길에 먹으려고
했지만 '걷는 것'이 불가능했다. 날씨는 덥고,
오래 걸어 다닌 탓에 다리는 아프고… 동생이
짜증을 내기 일보 직전에 다다랐다. 그 때문에
택시를 타야 했다. 이렇게 카야토스트를
먹으려고 할 때마다 타이밍이 안 맞았다.
 원래 기회는 예상치 못한 곳에서 오는 법.

공항 푸드코트에서 카야잼을 만났다. 정말 운명 같게도, 우연히 자리를 잡았는데 그 자리가 카야토스트를 파는 토스트집 앞이었다…! 주문한 대만식 덮밥을 가지고 오는데 토스트집이 눈에 딱 들어왔다. 마치 기다리고 있었다는 듯이.

카야잼은 코코넛과 달걀, 판단[1]을 섞어 만든다. 때문에 고소한 맛이 특징이다. 꾸덕꾸덕하면서도 달콤하고 고소하다. 약간 밤 같이 텁텁한 맛도 난다. 우리나라에서는 비슷한 잼을 찾을 수 없을 정도로 독특하다. 이 잼과 버터의 조합은

1   판다누스과의 열대식물. 잎을 물에 우리면 달달한 향이 난다.

최고다. 카야잼의 꾸덕꾸덕하고 텁텁한 맛을
버터가 중화시켜준다. 이 조합은 정말 고소하고
달콤하다. 만약 카야잼을 한국에서 보게 된다면
이 조합으로 토스트를 만들어 드시기를…!

　너무나도 내 취향이었던 카야잼. 오래 기다려
맛본 가치가 있었다. 짐을 부치기 전 토스트집에
들러 잼 두 개를 사서 한국으로 돌아왔다. 이제
한국에서 카야잼을 먹을 차례다. 싱가포르를
기억하며.

outro

　카야잼의 유통기한은 2주다. 그것이 마치
　여행의 감상에 너무 오래 머무르지는 말라는
　것 같아 아쉽기도 했다. 스물 초반과 작별하기
　위해 갔던 여행. 이제 진짜 그때와 '안녕'할 수
　있을 것 같다. 치열하게 살았던 그때의 나를
　떠올리며.

지금, 나, LA*

나성에 가면 편지를 띄워줘요

⑥
파주

①⑦   ②
고창   부산
⑤⑧
광주

④
LA

녕 김진영

저는 사유와 사람을 거쳐 서로 사랑하는 사회를
구성하는 것: 이를 디자인으로 정의하며, 제가
자신하는 분야로 소개합니다. 브랜드 디자이너
김진영입니다.
Slowly is the Fastest Way |
www.zeeenyoung.xyz

한국의 나성에서 미국의 나성, LA로. 주변
모든 환경이 이전과 180도 바뀌었던 2월. 한
달간의 여정을 담은 넝 자신에게 쓰는 편지.

그리운 진영에게

선물처럼 같은 일시의 하루를 두 번 살고,
벌점처럼 내일이어야 할 오늘을 맞이하는
기분이란. 분명 공평하게 흘러간 시간이었음에도
누군가 하루를 앗아간 듯한 생각까지도
들었구나, 진영아.

'어떠한 인사이트가 쌓여야 하고 얼마큼의 성장이
있어야 한다'는 무의식 속 강박은, 미국 나성에
발을 내딛는 순간 잊게 되었어. 네가 가장
경계하는 무지가 아니던가. 사막 위 수많은
선인장 한 그루에도 비유하지 못할 만큼 정말
작은 존재가 아니던가. 그 많은 변곡점을 거쳐 남
부럽지 않은 통찰력을 가졌다는 자부는, 자만과
오산이었음을 오감으로 깨달았어.

광활하고도 평화로운 해변과
자연을 보며 감동을 느끼고,
여러 음식을 맛보며 쾌식을 느끼고,
다양한 문화가 어우러진 거리 위 행인에게도
안부를 물으며 친화를 느끼고,

아이들의 순수한 웃음소릴 들으며 사랑을
느꼈어.

유럽은 peaceful이라면 미국 LA는 joyful이지
않겠냐며, 그렇게 감히 감상을 담아봐, 진영아.
설렘이란 감정이 불안을 이기는 미국의 나성.
나성에서 나성으로 보내는 편지로, 부디 어디서든
안녕한 녕으로 살아가고 있길 간절히 바라며
적어 내려가.

평생 무너지지 않을 것 같았던
두려움이라는 벽에 문을 만들고 나왔다

녕아, 혼자 처음으로 아주 먼 거리의 여정을
떠나왔어. 나성 책마을해리에서 돌아온 다음
날, 바로 다른 나라의 나성으로. 그저 무지한
상태로 무작정 왔어. 문제가 생기면 어떻게든
해내리라는 마음으로. 아니, 사실 대학 동기가
있으니 마음 놓고 있었던 것이 자명했던 거지.

한 시간 일찍 도착한 11일 새벽 6시(GMT-8),
LA 땅을 밟을 때 그 감격스러움을 잊을 수가
없어. 타임머신을 탄 듯 시차 덕에 다시 돌아온 11일 달력,
아코디언 같은 공항 셔틀버스, 우버 존 곳곳에 붙은 다양한
스티커들, 드넓은 고속도로, 동기의 회사 앞에서 드디어
만난 동기의 모습. 어느 하나 설레지 않은 순간이

없었어. 그리고 온전한 내 편이 되어줬던 친구 품에 달려가 폭 안겼지. 이곳에서 경험한 다양한 찰나 중, 가장 만감이 교차했던 순간이야.

여기 오는 데까지 마음먹기 수년 걸렸는데 물리적으로는 고작 11시간밖에 걸리지 않았거든.

나에게 어떤 대가도 바라지 않고 힘껏 사랑해 준 사람들에게 나는 -그들에게도, 그리고 스스로에게도- 너무나 박했던 지난날이 떠올라서. 무엇을 위해 스스로를 가두며 살았나, 타지에서 동기를 토닥였던 포옹은 곧 나 자신을 위로해 주는 듯한 기분에 마음이 평안해졌던. 미국에서 처음으로 느낀 '안녕'이었어.

이 또한 무지에서 비롯될 수 있음을 새기며,
그럼에도 경험할 수 있음에 고개를 숙이며

곧이어 집 열쇠를 받아 들어온 아파트는 아직도 눈에 아른거려. 곳곳에 깔린 라운지, 수영장, 바비큐 그릴, 짐, 요가 스튜디오. 내 동기가 정말 부자구나…가 아니라, 알고 보니 소위 '안전을 보장한다'는 미국 아파트들의 기본 구조는 원래 이렇대('다양함이라는 스펙트럼이 넓은 미국에서 모두가 이러지 않을 거야. 너의 경험과 설명은 무지의 무지일 수 있어. 그래서 '소위 안전을 보장'한다는 전제를 붙여). 매일 이 시설들을 지나갔지만, 매

순간 놀라웠어. 여기저기 가족 단위가 라운지에 앉아
쉬는 모습, 아이들의 웃음소리, 처음 보는 나에게 안녕을
묻는 미국의 자유로운 인사 문화. 그리고 동기가 준비한
편지와 웰컴바이닐, 정성 들여 만들어둔 치킨 스튜에
스며든 다정함까지…. 근래 한국에서 보기 어려운
것이 이 공간 곳곳에 당연하듯 묻어있었기에.

**신발끈만 보고 걸어 주변이 풀꽃으로 뒤덮인 줄
몰랐다**
　**내가 뛰어놀아도 다치지 않는 '행복'이라는
풀꽃밭이었다**
　친구와 레스토랑에서 스테이크도 썰고,
드라이브도 하고, 그리피스 천문대까지. 하루만
보냈는데도 자유와 행복이라는 감정을 느꼈다.
여행 오기 전, 이런 글을 썼었지.

　"타지에서 외롭게 수년을 버텨왔던 동기.
　현실에서 외롭게 이상을 바라왔던 진영.
　다양한 이유로 삶을 살아가며
　다양한 물음을 스스로 던지는 지금.
　'틀려라, 트일 것이다'라는
　스픽 브랜드 슬로건이 공감되는 요즘이다.
　트일 때까지 기다릴 수 없고,
　뭐라도 해야 틀리고 트일 수 있었기에.

73

특히 타지에서는 그 힘을 배로 기르는 경험을
해봤기에, 이번 여행은 아마 '채움으로써
비움'의 경험과 각자의 일상 속 물음에 답을
찾아가는 과정에서 도움이 되길 기대해 본다.
낯설고 새로운 것들을
다양한 감각으로 채울 때
낯익어 두려웠던 것들이
마음 안에서 비워지길."

그저 이 행복을 온전하고 순수하게 받아들이고
싶어졌어. 그것이 내가 바라던 "비움"의
정의였다는 것을 깨달았거든. 이 여행을 마치고
한국에 돌아갔을 너는 비로소 안녕할까, 진영아?

꿈¹에서 허우적거리지 않으니
비로소 꿈² 위에 탈 수 있었다

일어났을 때 꿈이 생각나지 않고 푹 잤다고
느낀 게 얼마 만인지. 동기의 매트리스가
편안해서인가, 시차 덕에 마치 선물처럼
'어제'라는 하루를 두 번 살아서인가. 내가
'하루를 산다'고 할 때 '선물'이라 표현한 적 또한
있었나. 생각해 보면 처음이야. 살아간다는 것을
감사하게 생각한 적이 없었어. 일할 때 데드라인
때문에 간절한 순간은 있었지. 순간마다

절박하고 피로하게 느낀 이전과는 분명 다른
감정이잖아.

　이날은 동기가 출근하는 동안, 나는 한국
라성리에서 만난 책마을 사람들과 줌을 했어.
종일 비가 내려 '제발 저녁에는 비가 그치길' 소원하며
선선해질 저녁을 기다렸어. 다행히도 비가
그쳤고 따뜻한 라멘, 쇼핑, LACMA의 가로등
설치미술작품을 즐기고 와인으로 하루를
마무리했지. 조용한 곳들은 아니었지만, 내면이
고요해짐을 느끼며, 두 번째 안녕에 스며들었어.

불안이 파도치던 나의 심신에
안온이 너울을 일어 파도들을 삼켰다

　홍수경보가 내린 셋째 날. 비는 무섭고 친구의
휴가 첫날은 기쁘게 보내고 싶고. 복합적인
마음으로 향한 곳은 게티 미술관. 희한하게도
거센 비를 맞아 흠뻑 젖었는데 공황 증세도,
불안도 없었어. 다음 날 다녀온 샌디에이고도
전날의 영향으로 거센 파도 바람을 맞았지만,
그저 벅찰 뿐이었어. 네게 벅참이 '행복으로 가득
차다'는 의미로 다가온 적이 참 오랜만이었지?
샌디에이고에 사는 동물들과 푸르른 바다 앞에
행복한 눈물을 흘려 참 다행이야, 넝아.

해변을 보면 네 안의 무언가가 끓어오른
건지, 혹은 되려 생활 불안이 식어 내린 건지.
샌디에이고뿐만 아니라 말리부, 라구나 비치
앞에서도 서러운 울음보다는 잔잔한 눈물방울로
적셨던 그날들이 마음 깊이 스며들었어. 그
기억으로 조금 더 웃으며 살아갈 힘이 자랐지.
그런데 그리움도 자라버렸네.

녕아, 너는 왜 숨을 들이쉬면 그때 마신 바다
냄새가 나고, 내쉴 때는 한숨을 뱉니. 매일 거기서
살고 싶은 마음만 커지고, 한국에선 잘 살아갈
자신은 줄어드나 보구나. 네가 어느 환경에서든
단단하고도 안녕히 지내길 바라는데 말야.

사랑

베가스에서 새긴 낭만, 월마트에서 만난
나의 디자인, 한식당에서 먹은 정겨움. 모두
사랑만 가득했던 시간. 더불어 평소 일상에서
받은 사랑까지 떠올라 이 따스한 온기는 배가
되더구나. 이미 나는 여러 형태의 사회 속에서
많은 사랑을 받아왔다는 걸 이제 알았어. 미국
한정 말고 한국에서도, 의미없는 하루 없고
허망한 순간은 없었더라. 냉소 사이 사랑을
나누려던 내 오랜 꿈이 생각나.

또 이렇게
나누기도 전에 받을 수 있음에 감사하며,
그들처럼 나누어갈 나의 미래를 고사하며.
수많은 안녕을 끌어안고,
한국으로 조심히 돌아가려무나.

한국에 여행왔다고 생각하면 어떨까?
물론 무기한 여행으로 n박 n일째 사는 거지
살아가는 너의 마음이 조금은 달라질 수 있으니
아, 슬슬 편지를 마무리하려니 떠오르네.
무섭고 속상했던 순간도 있었어. 이 여정에서는
딱 두 번 있었어. 저녁 먹고 나오는 길에 들린
총성과 한국행 비행기에 발을 디딜 때. 하필
이렇게 두 순간이라니, 아이러니해.

총성과 한국행- 이곳에서는 자유롭게 허용된
환경, 나에게는 자연스럽게 다가온 상황. 뭐랄까,
당연한 것을 비통하게 받아들인 찰나였어. 특히
한국행 비행 중일 때는 몸에 별 이상 증세가
나타나더라고. 얼마나 싫었으면.

삶을 여행처럼 살 생각은 못하고 여행이 삶 자체가
되길 바랐나 봐. 그저 살아갈 힘을 충전하고 일상을

여행이라 생각하며 살면 되는데. 달라진 듯
달라지지 않은 네가 참 짠해. 그래도 이전처럼
책망하진 않을게. 이 연민도 사랑이니 널
조금이나마 보듬어주길, 너의 걸음에 조금이나마
보탬이 되길. 그래서 즐겁게 짠! 치며 살길 바라.
꿈 없이 잘 자고 희망 가득한 꿈을 놓지 않고
살아보자. 네가 미국 나성에서 배운 가장 큰
깨달음, 기쁘게 품으며.

지금 나, 광주*
내 자리를 찾아서

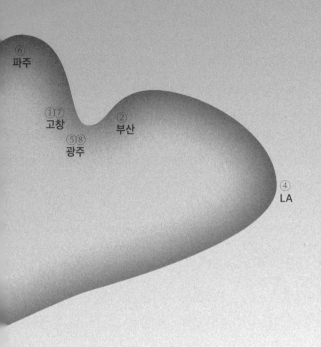

⑥
파주

①⑦
고창

②
부산

⑤⑧
광주

④
LA

임시 신혜진

살아오며 여러 이름들을 거쳐왔기에 절대적
이름은 없다고 생각하다 임시(IMPSY)라고
지었다. 또 바꿀 생각이었는데 아직 쓰고
있다. 껍질이며 알맹이 모두 가변적이기에
서로를 모른다고 해야 할 것이다. 삶과 예술에
닿아있으려 애쓰고 있다. 여러 가지 글쓰기를
거쳐 책 읽고 수필을 쓰며 살아가고 싶다 생각해
왔는데 어느덧 실현하고 있다. 광주에서 곧
카페를 개업한다.

그러니까 코로나 때 시작되었다

프리랜서로 일하던 회사 일이 줄었고 친구와
함께 살던 20평 오피스텔에 갇혀 있었다. 쾌적할
줄 알았던 신축 오피스텔은 유흥가에 인접한
탓인지 난생 처음으로 생쥐를 보게 되었고 3월이
되어 느른하게 풀어지고 흐르는 봄이 왔는데도
여전히 겨울이었다. 영화를 보고 책을 읽어도
가루약이 물에 풀어지듯 우울이 체내에 녹아드는
게 느껴졌다. 그때 나는 상가 월세를 습관적으로
알아보았다.

동네서점을 열어 공간을 마련하면 영화도
일터에서 보고 책도 일터에서 읽으니 촛불을
감싼 손으로 전해지는 온기처럼 행복해질 것
같았다. 뭉근히 우울했다. 아무것도 몰라서
용기낼 수 없었던 시절이 지나고, 나는 또 그
기제가 내게 작동할 줄은 몰랐다. 3년 전, 3월
광주로 돌아오게 된 것이다. 떠났으면 떠난거지,
돌아온 내게 돌아올 자리는 없었다.

그렇게 붕 떠서 유령으로 부유했다. 계속 그렇게
지낼 수는 없었기에 전략적으로 카페를
창업하기로 결심하고 3년 후, 2025년 6월에서
8월 사이에 개업하기로 하였다. 할 수 있는 일이
없다면 하고 싶은 일을 해보자 마음먹었다.
그렇게 3년이 흘러갔다.

그야말로 커피를 열심히 했다. 커피만 열심히 했다. 막상 카페 창업을 앞두니까 준비할 것이 한둘이 아니었다. 마음이 급해질 때 갑작스레 두 달 입원을 하고 정신차리니 어느새 3월이다. 3월 4일은 24절기에서 경칩에 해당하는데, 마치 개구리처럼 퍼뜩 깨어나버렸다.

모아둔 돈 같은 소리한다

없다 그런 거. 손 벌려봤자 돌아오는 돈도 없어 무작정 청년창업대출부터 알아보았다. 오천까지 해주네 칠천까지 해주네 해봤자 임대차 계약서, 그러니까 장사할 자리가 없으면 오천이든 칠천이든 그림의 떡이다.

막 동면에서 깨어난 개구리는 오늘 여기저기 자리를 보고 다녔다. 내 자리를 찾아서 가보기로 한 길은 앞으로 다박다박 밟아나가며 이 지면을 통해 나눠보겠다, 부끄러운 초안을 공개하고부터 일주일이 흘렀다. 나만 들을 수 있는 비명을 지르고 있다. 어차피 오래 뛰어야 하는 달리기라면 조금 더 나 자신을 먼저 챙기고 나서 차분하게 개업을 준비하기로 하였지만 그래도 비명을 지르고 있다.

지금까지 내 일은 상상을 이루거나 현실에서 확인해오는 공부였다. 커피를 둘러싼 모든

것들은 상상이 아닌 감각으로 아니, 커피까지 갈
것도 없다. 막상 자리를 잡는 것조차도 임대차
계약서를 쓰는 것조차도 제대로 이뤄내지 못해
대출을 취소했다. 그렇다. 내 자리는 비유가
아니므로 상상으로 찾을 수 없다.

　'창업에도 선생님이 있었으면 좋겠다.'
　'무언가를 누군가에게 가르칠 때 가장
　효과적인 방법이 무엇일까? 직접 해보도록
　하는 것이다. 나는 창업을 통과하는 중이다.
　다소 날카롭거나 거칠다고 느껴진다면
　이해를 구해본다.'

　인용한 문장들은 3월 3일 월요일 밤에 쓰다가
쓰레기통으로 직행시켰던 메모들이다. 독자들을
감정의 쓰레기통으로 삼을 수는 없다. 읽고
싶은 이야기는 창업자가 상상을 멈추고 현실을
마주하는 이야기니까 나도 현실에 뛰어들어야
한다. 우선 내가 창업을 생각했을 당시의
타임라인은 다음과 같다.

자리 확정짓기　　　　공사　　　가오픈
12・・・1・・・2・・・3・・・4・・・5・・・6・・・・・・8
　　　　계약 및 대출　　루틴 만들기　　　개업

12월부터 1월까지 갑작스럽게 입원하게
되었고, 2월은 회복기였는데, 말이 회복이지
전전긍긍 끊이지 않는 악몽으로 보냈다.

창업이라는 앓는 이를 끌어안았다

3월에는 잘 되지 않더라도 이를 털어내고 툭툭
가보는 중이다. 볼링핀처럼 밀린 계획은 다음과
같다.

어쨌든 날아가버린 시간들　　　　공사
12・・・1・・・2・・・3・・・4・・・5・・・6・・・・・8
　　　　　　계약 및 대출　루틴 만들기　　　개업

계약 및 대출 그리고 각종 신청들, 또 공사로
미어터진 3, 4월이 될 예정이지만 사실 자리! 내
자리를 찾아 임대차 계약서를 쓰고 나면 차분히
절차대로 될 일이다. 그렇지만 자리를 찾는
일은 생각보다 치명적인 일이었다. 1월까지는
큰삼촌의 친구의 형이 가지고 있는 건물 1층에
난 공실을 임대하려고 했다. 낮에 가봐도 밤에
가봐도 을씨년스러운 유흥가여도 권리금이
없고 세가 싸다는 이유로 혼자 확정짓고서
히죽거리곤 했는데, 주변의 반대도 반대지만
대다수의 시간을 유흥가뷰만 보며 일할 수
없다는 이유로 새 자리를 찾기 시작했고 비극이

이어졌다. 권리금이 무엇인지도 모르고 학원에서
커피를 배워 전수창업한 자리에 권리금을
2,000만원이나 줘야 하거나 권리금이 없는
사무실 자리는 광활하게 넓었다. 세대수가 많은
동네지만 골목 깊숙하게 파고들 자신이 없었다.
그 자리에는 이미 매력적인 카페가 있었다.

그러다가 영타로까지 봤다

포기하고 체념하기 위해서 봤던 것 같다.
연애운을 볼 때는 나를 미워하면서 좋은 패를
주지 않았으면서 카페창업으로 타로를 보니
잘해주셨다. 타로를 보는 내 친구에게는
할아버지의 영이 씌워져있다. 자리는 처음부터
다시 찾기로 했다. 세가 비싸다고 포기부터
했던 내가 살고 있는 구부터 자리를 알아보고
있다. 참 이상한 일이다. 포기하고 체념하니까
그 틈으로 여유가 파고든다. 숨을 쉬기가
어려웠는데 이제는 좀 괜찮은 것도 같고 즐거운
것도 같다. 내일부터는 발로 뛰어볼 생각이다.
온라인으로 보고 계산기 두들기는 것 이상으로
본다의 힘은 강하다. 씩씩하게 보다 보면 어느새
임대차 계약서에 도장을 찍을 나도 보는 것이다.
마라톤이라 생각해서 고새 지쳤던 마음인데
단거리 달리기라 생각하니 또 괜찮다.

버텨나가며 쓰고 쓰면서 버텨나가다보니
3월 중순이 되었다. 다음주에는 임대차 계약서를
쓰기로 했다. 세대 수가 많거나 대학가를 끼고
있는 북구에서 얻으려다가 살고 있는 서구에서
동심원으로 멀어지며 자리찾기를 했다. 아무래도
광주 서구는 정가운데에 있어 지하철역과
가까운 곳이 좋겠다 싶었다. 카페가 상대적으로
적은 역의 앞 부동산에 들어갔다. 카페 자리를
봐달라고 했더니 할아버지가 손을 들었다. 한
켠에 자리를 얻어 신문기사를 쓰고 계시던
건물주셨다. 바로 자리를 볼 수 있었다. 한
정거장 정도 걸어갔는데 느낌이 좋았다. 지하철
역에서 도보 2분 거리, 바로 앞에 버스 정류장도
있었다. 대략 20평 정도인 공간에는 볕이 잘
들고 뒤쪽으로 테라스와 주차공간도 있었다.
월세가 100만원으로 약간 비쌌지만 큰삼촌
친구의 형과 같은 연줄이 아니면 이 정도는 내야
했다. 권리금도 없었다. 온라인으로 여기저기
아무리봐도 오프라인만 못했다.
　사실, 금요일인 14일에 임대차 계약서를
쓰려고 했는데 용기가 나지 않았다. 몸이 아팠다.
중력이 더욱 무겁게만 느껴졌고 할 수 있을거란
생각이 도무지 들지 않았다. 가루약이 물에
풀어지듯 우울이 체내에 녹아드는 게 느껴지면서

봄을 느꼈다. 일요일로 접어드는 지금에서야
알게 되었다. 불현듯 닥친 벼락치기여서 힘든
것이 아니다. 임대차 계약서를 쓰고 이를
기반으로 청년창업대출을 받으면 개업까지 딱
절반이 지나간다. 임대차 계약서와 대출금을
기반으로 공사와 인테리어를 해서 물리적인
공간을 만들고 카페업에 대한 숙련도를 높이고
나면 개업을 맞이한다.

  돌이킬 수 없다는 뜻이다.

  내 자리를 찾아서 여기까지 왔다. 진짜 내
자리가 맞을까? 하는 의문이 떠오른다. 이윽고
하나씩 발로 밟으면서 쌓았던 시간, 시간들을
믿어보지만 흔들거린다. 만들어가는 과정
속의 관계들이 내 자리를 구성한다는 것을
알게 되지만 신화 속에서 과거, 현재, 미래를
뜨개질하던 할머니들처럼 나 역시 씨실과 날실을
엮어 공간 속에서 시간을 만들어갈 것을 이제는
안다.

  내 자리는 여기 있음을 나 이제는 안다.

생명의 근원 오라클 카드
4545오라클 삶의 에너지를 만나다

레티시아 안드레·강수연 함께지음 | 도서출판 기역 펴냄

아직 가지 않은 길, 갈 수 없는 길, 갈 수 있는 길.
우리는 늘 길 위에 있다. 한갈래 곧게 뻗은 아름다운 길만 있는
것은 아니다. 우당탕탕 엉덩방아를 찧게 하는 길,
허위허위 밭은 숨으로 헐떡여도 그렇게 어려운 경사의 오르막,
내리막의 길. 게다가 선택해야 하는 여러 갈래의 길, 위에 있다.
삶의 도처에, 수많은 사람, 사물들 사이의 관계에서
울퉁불퉁 우당탕탕, 하며 산다. 살아낸다.
내 앞에 놓인 길, 선택의 순간에, 누군가 인간 비인간과 맺는
관계의 순간에 평화로워질 방법은 없을까?

삶의 갈래를 찾게 돕는 <오라클카드>를 만나보자.

지금 나, 파주*

이제는 더이상 물러날 곳이 없다

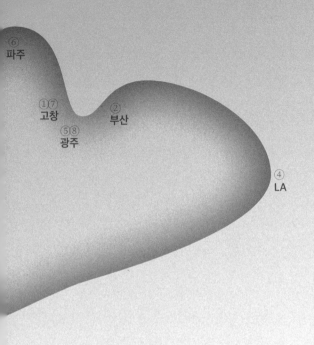

⑥
파주

①⑦
고창

②
부산

⑤⑧
광주

④
LA

열음 이우현

아버지께 물려받은 우현이라는 이름으로 17년을
살다, 어느 날 스스로 열음이라는 이름을 지어
붙였습니다. 그림 그리고, 글 쓰고, 노래하며
사람들과 나를 탐구하고 사랑합니다. 무엇보다
추구하는 건 재미입니다.
IG @budlnoon, @yeorrrmeee

2024년, 나는 결국 PaTI[1]에서 4학년을
맞이하게 되었다. 4학년이 되어버렸지만
졸업 작품에 대한 큰 고민이 없는 상태로
우선 지도스승 면담부터 했다. 아무런 생각이
없었기에 어떤 콘텐츠를 보여줄지, 어떤 말을
할지부터조차 고민해야 하는 수준이었다.
막연하게 애니메이션을 해야겠다는
생각으로(잘못된 생각이었다) 1차 기획서를
작성했다.

저는 평소에 스스로가 쓸데없이 말이
너무 많다고 생각해 왔습니다. 말하기
시작하면 끊임없이 말을 뱉어내고, 정신
차려보면 너무나 많은 것을 쏟아내 버린
후였습니다. 집에 돌아가서 그건 왜
말했을까, 이건 말하지 말걸, 하며 후회하기
일쑤였습니다. 왜일까 계속해서 고민하다
보니 아무래도 특정 주제에 대해서 명확히
표현하지 못함에 갈증을 느끼는 것 같다는
생각이 들었습니다. 그것은 대부분 저의

---

1   PaTI: 파주타이포그라피배곳을 줄인 말로 파주 출판도시 내에 위치한
디자인 예술학교다. 디자이너 안상수가 2013년 설립했다. PaTI 내에서 학교는
'배곳', 학생은 '배우미', 교수는 '스승'이라고 부르며, 디자인은 '멋지음'이라고
부른다.

삶 그리고 삶에 대한 고민, 진로(예술)에
대한 고민입니다. 저는 이렇게 제가 주로
이야기를 참을 수 없는 주제에 대해 고찰하고,
이것을 애니메이션으로 만들고자 합니다.
이번 기회로 제 발화에 대한 갈증을 해갈할
수 있기를 바라는 마음으로 작업하도록
하겠습니다. 삶과 죽음에 대해 항상 고민하고,
어중간한 마음으로 예술을 하는 저의
이야기를 통해 관객, 그리고 최종적으로
제가, 명확한 답은 아니더라도 진로에 대한
방향성을 찾고, 삶에 동기부여가 될 수
있었으면 좋겠습니다.

어떤 주제로 얘기할지조차 헤매고 있었기
때문에, 당시에 가장 크게 느끼고 있었던 것을
주제로 잡기로 했다. '난 왜 이렇게 말이 많을까'에
대한 이야기였다. 기획서 1차 합평에서는
스승들께 '그대로 진행하면 되겠다'는 피드백을 가장
많이 들었다. 그러나 진행할 수 있는 것이 없는
수준이었다. 발표 때 너무 말을 번지르르하게
했는지 하는 고민이 들었다. 무엇을 해야 할지
잡히지 않아 의욕을 잃고 2차 합평 전까지
아무것도 하지 않았다. 그래도 피드백을 듣기
위해서는 뭐라도 발표할 것을 가져가야 했기

때문에, 있는 것 없는 것, 심지어는 과거에
했던 것들까지 싹싹 긁어서 발표 자료를
만들었다. 그때 꺼내게 된 것이 바로 '여울이'였다.
2021년부터 구상하기 시작해, 두어 번 이미
버려진 적 있는 캐릭터.

2차 합평에서는 역시 내가 헤매고 있다는 것이
드러났는지 좀 더 고민해보라는 피드백을 많이
받았는데 의외로 여울이에 대한 스승들의 반응이
좋았다. 발표 자료를 만들며, 뭐라도 고민한 티를
내기 위해 여울이의 캐릭터성과 작품 주제와의
연결성을 강조한 탓이었을지도 모른다.

애니메이션에서 이 캐릭터를 주인공으로
가져가면 어떻겠냐는 피드백은 사실 그다지
끌리지 않는 지점이었다. 이미 두 번이나 버린
캐릭터를 다시 주워서 빡빡 빨아 쓴다는 느낌이
들었기 때문이다. 스승들의 피드백을 따라
합평이 끝난 후 나는 다시 여울이를 들여다보기
시작했다. 주의 깊게 살펴보니 내가 2022년에
아트토이 수업을 들으며 여울이라는 캐릭터에
대한 고민을 얼마나 열심히 했는지 느낄 수
있었다. 과거의 애정을 다시 넘겨보면서 그 당시
더 파고들지 못해 아쉬웠던 부분들이 기억나며
여울이를 다듬고 발전시켜 보고 싶다는 생각이
들었다. 그렇게 내 졸업 작품의 주인공이 여울로
정해지며, 전시 구성 자체가 대폭 수정되었다.

여울이는 만들어질 때부터 입이 없는
모습으로 디자인되었습니다. 저 스스로 가장
수치스러운 모습인 'TMI 남발'하는 모습을
그려내기 싫다는 무의식이었을 것입니다.
여울이는 제가 다른 사람들에게 보여지고
싶은 대로 성격을 부여받았습니다. 실제의
저는 정이 많고(집착이 있고), 수다스럽고,
사람을 사랑하며, 구멍이 많고, 곧잘 얕보이는
사람인 데 반해, 여울이는 시니컬하고,

무뚝뚝하며, 덤벙거리다가도 깔끔하게
일을 처리해내고, 표정이 잘 드러나지 않는
얼굴을 하고 있습니다. 이런 여울이를 통해
저는 저의 싫은 모습을 부정하고, 보여지는
나에 치중하게 됩니다. 그러나 주변 사람들은
제 생각만큼 여울이가 그렇게 시니컬한
캐릭터처럼 보이지 않는다며, 오히려 실제의
나와 매우 닮았다고 말합니다. 더불어 제가
제 생각만큼 구차하고 찌질하지 않다고
말합니다. 이러한 경험에서 비롯되어 여울이와
'나'가 머릿속에서 대립하며 싸우는 내용의
애니메이션을 제작할 예정입니다. 결말에서
저는 결국 저의 모든 모습을 포용(사랑)하지는
못합니다. 여전히 저의 싫은 부분을 부정하고,
남들에게 보여지는 나에 매우 신경 쓰며,
수치스러워합니다. 그러나 결국 이러한
자기혐오는 자의식에서 비롯되는 것이라는
것을 깨닫고, 여전히 수치스러운 삶이지만
그래도 또 여전히 이렇게 살아가고 있다는
것을 보여줍니다.

우리는 전시 장소로 배곳 건물을 사용하기로
했다. 평범한 규격의 학교가 아니라 셀 형식으로
나뉘어 있고, 층의 구분 없이 나선형으로 돌아

돌아 올라가는 이상한 건물, '이상집'. 이상집의
지하부터 꼭대기 층까지 가능한 모든 공간을
사용하기로 해서 전시 구성에도 꽤 애를 먹었다.
　나는 전시에서 공간팀을 담당하고 있었기에,
다른 공간팀 동료 두 명과 함께 공간에
대해서도 힘을 많이 써야 했다. 12월 13일부터
본격적으로 시작된 전시 설치를 소화하느라 낮
동안 12~14시간을 내리 육체노동을 하고, 날이
넘어가서야 그날의 전시 설치 업무가 끝났다.
그럼 한두 시간 정도 눈을 붙인 후 일어나서
개인 작업을 마저 했다. 한시도 쉬지 않고
8시간가량을 작업하다 보면 어느새 해가 떠
있었다. 그럼 또 한두 시간 정도 눈을 붙인 후,
10시에 다시 모여 전시 설치를 이어 나갔다. 그
삶을 2주간 반복했던 거다. 그때부터는 거의
집에 들어가지도 못한 채로 학교에서 숙식을
해결했다.
　전시 설치 중반쯤, 내 전시 공간에 러그와 삼각
쿠션이 설치되고 학교에 굴러다니던 이불 한
채가 흘러 들어와 개인 작업을 할 땐 그곳에서
거의 지냈다. 푹신하고 따뜻한 탓에 각자의
공간에서 작업하던 친구들이 지칠 대로 지치면
가끔 찾아와 휴식을 취하기도 했다.
　《파티파티: 나선의 자리》 전시 오프닝은 12월

21일 오후 3시부터였다. 나는 놀랍게도 그날
아침까지도 애니메이션을 완성하지 못했다. 미친
것. 미친 거야… '미리미리 할 걸'이라는 후회는
이미 늦은 시점이었다. 전시가 다가올수록,
작품이 아닌 전시를 위한 공동 업무를 쳐내느라
바빠 정작 내 작업을 할 시간이 없으리란 걸
막연히 알고는 있었지만 이렇게까지 준비가
부족하게 될 줄은 몰랐다. 퀄리티를 포기하고
기계처럼 완성만을 향해 달려갔다.

　전시 날의 아침 해가 떠오르자 손이 덜덜
떨리기 시작했다. 정오에 함께 모여 마지막
전시 준비를 끝마치기로 하였으나, 오전
11시가 되었는데도 작업은 체감상 절반가량이
남아있었다. 전시에 미완성본을 올리게 될까 봐
공포감이 온몸을 덮었다. 눈물도 나지 않았다.
일단 정오에 모이기로 했기 때문에 11시 반에
자리를 박차고 일어나 몸을 씻은 후 미친 듯이
짐을 챙겨 나와 학교로 돌아갔다.

　12시, 모두가 모이고 업무를 분배하기에
앞서 체크인을 했다. 내가 아직 작품을 끝내지
못했다는 얘기를 듣고, 친구들이 공동 업무에서
나를 제외하여 작품을 끝낼 수 있도록 배려해
주었다. 덕분에 겨우겨우 구색은 갖춘 채로
작품을 끝마칠 수 있었다. 다행이었다. 졸업

전시를 위해 새로 장만한 맥북도 힘을 내주어
작품을 순식간에 내보내 주었다. 덕분에 한
시부터 공동 업무에 합류할 수 있었다. 그렇게
나의 졸업 전시가 시작되었다.

사실 난 뒤로 갈수록 날림으로 마감한 이
애니메이션이 너무나도 마음에 들지 않았다.
어느 정도였냐면 전시를 보러 온 사람들이 내
애니메이션을 보다가 재미없어서
끝까지 안 보고 중간에
나가줬으면 하고 바랄
정도였다. 1년 동안
열심히 준비한 전시를
이렇게 허무하게 마무리
짓게 된다니…. 원래도 내
작품에 있어서 확신을 잘
갖지 못하는데 이번엔 너무
심했다. 관객의 감상에도
안 좋은 영향을 미치게
되니 내 작품에 선수
쳐서 혹평하는
건 피하려고
노력해왔지만,
이번엔 도무지
참을 수 없었다.

속상한 나머지 몇몇 친구들에게 메신저로 투정을
부려두었다.

전시 시작 전, 건너 셀에서 전시를 준비하던
동기가 어느새 다가와 사운드 체크를 하는 내
뒤에서 애니메이션을 관람하기 시작했다. "작품
완성했네? 다행이다." 나는 동기에게 한탄처럼
"완성은 했는데 너무 못해서… 관객들이 끝까지 안 보고
나갔으면 좋겠어"라는 말을 흘렸다. 동기는 선 채로
첫 관객이 되어 작품을 끝까지 관람했다(영화를
만드는 친구였기에 얼마나 부끄러웠는지 모른다).

어물쩍거릴 새 없이 오프닝이 시작되고,
많은 사람들이 쏟아져나와 내 부끄러운 작품을
관람하게 되었다. 머릿속엔 관람객들의 반응
시뮬레이션이 계속해서 돌아갔다.

'얘 누구야? 혼자 왜 이렇게 못했어?'
'이게 제일 퀄리티 별로네.'
'이런 걸 졸작이라고 내놓은 건가?'
'1년 동안 뭘 한 거지?' …

그런데 기대도 하지 않았던 관객 반응이
생각한 것보다 훨씬 좋았다. 몇몇 관객은 심지어
전시 통틀어 최애 작품이었다는 평가까지
내려주셨다.

웃기게도 좋은 피드백을 듣자 마음이 놓이고 기분이 좋아졌다. 전시 마지막 날, 전시하는 배우미들끼리 모여 앉아 회고의 시간을 가졌다. 어떤 친구는 한 번 보려고 갔다가 재미있어서 한숨에 세 번이나 보고, 어떤 친구는 전시 기간 통틀어 네 번이나 봤다고 했다. 남의 피드백에 일희일비하지 않고, 긍정적 피드백에만 목매지 않고 줏대 있게 작업해야 지속가능한 작업을 할 수 있을 텐데 어려운 일이다.

시간대별로 급격하게 변하는 정신 상태가 압권.

이이의 흐름이 잘 드러난 메신저 기록이 있어 가져왔다.

전시가 끝난 이후로 4개월이 흘렀다. 미처
완성하지 못한 부분들을 다듬고 인터넷에
아카이빙 하겠다던 다짐은 어디 간 채로
그림일기마저 놓은 채였다. 아무것도 손에
잡히지 않아 어물쩍거리기만 하고 있었다.
그러던 중 마침 참여하게 된 청년출판학교에서,
'지금, 나, 여기'라는 주제가 잡혔다.
솔직히 말하면 '지금 나'는 없는
것 같았다. 의욕이 없었기에 쓸
말도 없었다. 그렇게 시간을
보내고 있던 중, 교수님께
전화가 걸려왔다. 내 작품,
〈여울이〉를 애니메이션 배급사에
신청해보자는 제안이었다.
그러니까 또, 이제는 더이상 물러날
곳이 없어진 거다.

여울이는 아직 끝나지 않았다.
기대하시라, 여울이가 어느 날
내로라 하는 영화제에서 상영될지
누가 알겠는가? 그때까지 다들
여울이를 기억해주시길.

QR코드 그림일기가 올라온다.
QR을 찍으면 여울이의 인스타그램 주소

YYYEOUL

는 이상한 건물의 계단을 오르내렸다. 잠시 숨을 고르고
을 내려다본다. 알 수 없는, 불규칙한, 그렇지만 꾸준한
임에서 일정한 리듬을 발견해 낸다. 제자리를 도는 것
도, 아주 멀리 튕겨 나가는 것 같기도 했던 그동안의 궤적은
한 나선의 형태를 그리고 있었다. 《파티파티: 나선의 자리》는
타이포그라피배곳 한배곳 아홉 번째 마친보람 맺음전이다.
이 다른 일이 일어나는 열린 경계의 장소에서, 관객들은 크고
나선과 함께 머문다.

《파티파티: 나선의 자리》도록
책방해리에서 절찬리 판매중!
도록에 대한 더 많은 정보는
인스타그램 @patipati.hanbaegot
도록 구매에 대한 문의는
인스타그램 @harrybookvill

지금 나, 고창*

고창 어르신들의 꿈 이야기

⑥
파주

①⑦
고창

②
부산

⑤⑧
광주

④
LA

유나 허유나

저는 다양한 것들을 시도해보는 것을 좋아하고,
책과 동물을 사랑합니다. 복잡한 것보다는
마음이 이끄는 대로, 자유롭고 따뜻한 삶을
지향하며, 일상 속에서 소소한 행복을 찾고
있습니다.

어렸을 때, '넌 커서 뭐가 될래? 무슨 꿈을 가지고 있니?'라는 질문을 들으면서 과연 내 꿈은 무엇일까 20대에 수많은 고민을 했다. 30대가 된 지금 감사하게도 하고 싶은 일을 하게 되었지만, 꿈을 이루고 나니 앞으로의 삶을 또 어떻게 살아갈 것인가 고민하게 되면서 〈청년출판학교〉를 통해 삶의 경험이 많으신 어르신들의 꿈과 삶의 이야기를 듣고 싶다는 생각을 막연히 하게 되었다. 그래서 무작정 70대 이상 어르신들의 이야기를 들어보기로 했다(이 글에서 어르신들의 호칭은 '어머님, 아버님'으로 통일했다).

"참고 사니깐 이렇게 행복한 날이 오더라"

김 할머니 이야기(1945년생)

; 5남매 중 셋째로, 무장면으로 시집오기 전까지 해리면에서 살았다. 현재 하는 일은 고추밭과 이것저것 농사지으며 다육이를 키우는 것이 취미인 귀여운 할머니.

안녕하세요. 어머님! 어머님의 청년 시절 때 꿈 이야기를 듣고 싶은데, 혹시 어머님 젊었을 적에 어떤 꿈을 가지고 계셨을까요?

어릴 때부터 영리하다는 얘기를 많이 들어가지고~ 선생질하고 싶었지. 초등학교고 뭐고 상관없이 그냥 선생님 하고 싶었어. 그런데 부모 복을 못 타서 아부지가 다섯 살 때 돌아가시고, 집이 너무 가난해서 엄마 혼자 고생하는 게 마음이 그래서 엄마랑 그냥 둘이서 살려고 했어. 그래서 시집도 안 가고 싶었지. 부모 복을 못 탄 것이…. 내가 5남매 중 셋째였어. 그런데 스물세 살에 주위에서 지금 안 가면 이제 애도 못낳는다고 겁주고, 하도 가라고 해서 그냥 무장(면)으로 시집왔지.

그 당시에는 다 일찍 결혼하셨죠? 어머님 정말
시집가기 싫어하셨는데 아기 못 낳는다고
겁을 주셔서 시집을 가셨다니, 놀라우면서도
슬프네요. 그래도 결혼하기 전에는 선생님이
되고 싶은 마음을 가지고 있으셨잖아요.
혹시라도 선생님이라는 꿈을 이루기 위해 하신
노력이 있을까요?

　못했지. 너무 가난해서 마음만 선생님이
되고 싶었지. 사느라 힘들고 밥 먹고 사는 것도
힘든디…

가난했던 어린 시절, 고생을 많이 하셨겠어요.
그렇다면 결혼 전에는 무슨 일을 하셨어요?

　그냥 남의 밭에 가서 좀 일하고 뭐 얻어 와서,
동생들 먹이고 학교 보냈어. 엄마가 바닷가 가서
생선 사 온 걸로 남들 반찬 해주고, 밭일해서
돈을 벌었지. 그런데 돈을 번 것도 아니고 그냥
딱 밥만 먹고만 살았어. 그리고 나는 집에서 그냥
살림했어. 동생들 학교 다 보낸 뒤에는 나도
중간에 이름이라도 배우고 싶어서 열두 살에
2학년으로 들어갔지, 그때 동생들이 4학년인가
5학년이었지만…. 그런데 또, 다니다가 돈이
없어서 4학년까지만 다녔지.

어렵게 들어간 학교였는데, 다 마치지 못해서
슬펐을 것 같아요. 그래도 어머님 지금은
이름도 잘 쓰시고 글도 읽을 줄 아셔서, 어려운
환경에서도 정말 대단하신 것 같아요. 아까
학교를 중간에 포기하시고 집에서 살림만
하시다가 스물세 살에 결혼하셨다고 했는데,
결혼하기 싫었다고 했지만 막상 결혼하시고
나서는 어떤 가정을 이루고 싶었는지 궁금해요.

　없어. 더 가난한 집으로 시집와서 날마다 집에
가고 싶고, 나가고 싶었어. 진짜 도망치고 싶었어.
내 형제들은 거의 서울로 다 올라가고 해서…
나가고 싶었지. 근데 돈이 없으니깐 그냥 참고
살았지.

지금 마을에서 보면 어머님, 아버님과 잘
지내시는 것 같았는데, 도망치고 싶었다는 말을
들으니깐 의외예요. 그런 힘든 마음으로 결혼
생활을 시작하셨다니, 놀라워요. 어머님, 그래도
결혼 후에 좋았던 순간이나 기억에 남는 일들이
있을까요?

　시집와서 참고 살아와서, 지금은 땅도 벌고
새끼들도 다 잘 사는 게 가장 좋지…. 더 바랄
게 뭐 있어. 예전에는 나라에서 애를 못 낳게
하려고 피임약도 주고 했는데, 나는 그래도 딸

하나, 아들 둘 낳았어. 그런데 첫아들이 여섯
살에 물에 빠져서 죽어서… 아들이 죽어버려서
미쳐버렸지…. 아들이 죽고, 아들을 또 낳으려고
했는데, 딸 넷을 더 낳았어. 지금은 그래도
자식들이 잘 살고 해서 행복해 진짜. 그리고 이제
나도 밥이라도 배부르게 먹고 하니깐 사는 것이
행복해. '참고 사니깐 이렇게 행복한 날이 오더라'
새끼들한테 늘 하는 얘기여. 근디 죽을 때가
되니깐 행복한가벼….

어머님, 그래도 지금은 행복하시다니깐
저도 좋네요. 우여곡절이 많았지만 그래도
지금 아버님과 잘 지내시고 자식들도 다
잘하시잖아요. 도망치고 싶었던 결혼이었지만
지금은 행복한 날이 왔네요. 앞으로의 남은
인생에서 꼭 하고 싶으신 거나 하고 있는 일들이
있으실까요?

　하고 싶은 게 뭐…. 그냥 편안하게 쉬는 거?
그저 복지관에서 놀고 싶은데, 촌에서 뭐 그게
하겠어? 복지관까지 나가야 하는데 멀기도 하고,
일도 해야 하고, 아저씨(남편) 밥도 해줘야 하고,
그리고 동네에서 가는 사람도 없고…. 나는 그냥
지금 이대로가 좋아. 편안해. 다만 손자들 오면
밥이라도 하나 사주고 용돈이라도 한 푼 주려면

내 노후 대책 해야지. 아무리 자식들 많다고
해도, 아무것도 없으면 좋다고 하겠어? 죽을
때 닥쳤는디 한 푼이라도 모아서 내 쓸 것 쓰고
해야지. 나, 더도 안 바래.

어머님께서 열심히 일하시고 있는 이유가
있었네요. 그래도 어머님, 아버님하고 함께
복지관도 한 번씩 놀러 가시고, 어머님 하고 싶은
것들 하시면서 더 재밌게 지내셨으면 좋겠어요.
이제 마지막으로 젊은 세대에게 전하고 싶은
인생의 교훈이나 이렇게 살면 도움이 될 만한
것이 있다면 알고 싶은데, 혹시 해주고 싶은 말이
있을까요?

　　없어. 요즘 젊은 애들이 내 말이나 들었어?

하하, 알겠습니다. 벌써 시간이 오래됐네요.
2시간 동안 어머님 이야기 듣느라 시간 가는
줄 몰랐어요. 소중한 인생 이야기 들려주셔서
감사해요. 어머님께서 앞으로 아버님과 더
재밌고 건강하게 잘 지내셨으면 좋겠고, 다음에
또 이야기 나눠요.

"인자는 하고 싶은 게 없지. 이제 다 이뤘잖아"
박 할아버지 (1936년생)
; 일제강점기를 지나 한국전쟁까지 겪은 고창
토박이. 아직까지도 오토바이를 타고 경로당과
병원에 다니시며 할머니와 오순도순 잘 지내신다.

안녕하세요. 아버님, 오늘 이렇게 시간을
내주셔서 감사드려요. 아버님의 청년 시절,
젊었을 적 가지셨던 꿈을 들어보고 싶은데
말씀해 주실 수 있으실까요?

  내가 어렸을 때가 일제강점기였어. 일제강점기
때는 농사지은 거 하나도 못 먹었어. 먹으려고
감춰 놓은 것까지 다 쑤셔 가지고, 찾아서
가져가고 그랬지. 그렇게 내가 초등학교 2학년
다닐 때 해방되고, 내가 열여섯 살에 6·25전쟁이
났어. 여기까지 인민군들이 와서 여기서 일년
동안 농사를 짓고 살았어. 그때 당시에는 쌀
나락을 하나하나 세기도 했어. 농사를 다 짓고,
수확할 시기에 한국군이 다시 점령했지. 그때
나락을 비어서 묶어놨잖아? 인민군들이 수확을

못 했어. 그래서 그거 인민군이 못 가져가서
그냥 먹었지. 옛날에는 잘 사는 사람들,
그러니깐 그전에 억압했던 사람들(일제강점기
시절 상층민들)을 전쟁이 나니깐 공산주의가 많이
죽였어. 부락 인심이 좋은 데는 괜찮고, 부락이
안 좋은 성씨끼리 싸우는 데서 서로 죽이고
그랬어. 밤에 몰래, 아무도 몰래 서로 다 죽였어.
그래서 그때 일제강점기 때 억압했던 사람들이
많이 죽어서 전세가 역전되었지. 그래도 인심
좋은 마을은 편안했지. 우리 마을은 인심은 좋은
편이었어.

아버님 마을은 인심이 좋은 편이어서 참
다행이네요. 그래서 그 마을에 어르신들이
많으신가봐요. 다른 마을에 비하면 경로당에
어르신들이 많이 모여 계시잖아요. 아버님께서
어릴 때 일제강점기와 전쟁까지 겪으셔서
청년 시절에 꿈을 가지기가 힘들었을 것
같아요. 그래도 아버님께서 하고 싶은 것들이
있었을까요?

　그땐 그랬지. 힘들었어. 그때는 우선 배가
고프니깐 어떻게 하면 농사를 많이 지어서
쌀밥을 많이 먹을 수 있을까, 어떻게 하면 돈을
많이 벌어서 나중에 결혼하면 가족들 편하게

먹일 수 있을까 그런 생각을 했었지.

그러셨군요. 그렇다면 아버님께서는 결혼을
하시려고 농사를 많이 지어서 돈을 벌려고
하셨을 텐데, 그때 당시에 어떤 농사를 하셨어요?
　그때는 논농사 짓고, 보리농사도 짓고 그렇게
살았지. 돈을 벌어가지고 자식이라도 편하게
먹이려고…. 자식들 가르칠 생각을 하며 돈을
벌었지. 그런데 농사짓다가 결혼하고 군대를
갔다 와서는 학교 행정실에서 일했어. 그때
당시 1961년도인가 화폐개혁이 되면서 기존
화폐가치가 10대 1로 줄어서 월급도 적었어. 참
적었지. 그때 첫 월급이 3,500원인가 받았었지.
화폐개혁으로 3,500원이 됐어. 그 전이면
35,000원이었는디. 지금 들으면 생소하지? 우리
때는 별일이 다 있었어.

아, 화폐개혁, 역사책에서 배웠던 것 같아요.
일제강점기, 전쟁, 화폐개혁까지 정말 많은
일들이 있었네요. 아버님 그러면 결혼하고 군대
갔다 와서는 농사는 안 하시고, 학교에서만 일을
하신 거예요?
　결혼하고 6개월 지나서 군대를 갔어. 1년 9개월
미군 부대에서 근무했지. 그때 당시에는 통역도

있고 그랬어. 거기서 보내다가 마지막에 광주
와서 제대했지. 제대하고 아마 1961년도일 거야.
그때 무장초등학교 행정실에서 근무했어. 무장에
있다가 덕림, 학천, 심원중학교에서 1997년까지
일했어. 만 36년간 일하고 퇴직했지. 그때
학교에서 번 돈으로 땅 사가지고 남 빌려줘서
남이 농사를 지었지. 그런데 애들 가르치면서
돈이 모자라서 중간에 땅도 많이 팔고 했어.
그래도 애들은 다 가르쳤어. 아들 셋, 딸 둘을
다 대학교까지 보냈어. 그래서 우리 안식구가
욕봤지. 안식구가 일을 많이 해서 욕봤지. 밭일도
하고, 이것저것 일을 많이 했어 진짜. 그래서 지금
많이 아픈가 봐….

어머님이 고생을 많이 하셨군요. 그 당시에
자식들 모두 대학까지 보내는 게 쉽지 않았을
텐데, 정말 대단하신 것 같아요. 그러면
어머님과는 언제 결혼하신 거예요?
　스물두 살에 만났어. 농사를 짓고 있는
중에 친척이 중매자 소개해 줘서 중매자가
연결시켜줬지. 나는 무장에 살고, 이이는 영광
대마면에서 살았는데, 중매한 지 5~6개월 지나서
결혼했지. 그때 당시에는 중매자가 왔다 갔다
하면서 양쪽 부모와 연락해서 날 받아가지고,

그날에 그냥 결혼을 했어. 그때는 거의 다 그랬어.
그리고 결혼하고 얼마 지나서 군대를 갔지. 그때
집에 식구들이 많아서 안식구 혼자 고생을 많이
했어.

어머님이 많이 힘드셨겠어요. 결혼한지 얼마 안
돼서 아버님이 군대를 가셔가지고…….
　　안식구가 고생을 많이 했지. 애들 키울 때도
돈 버느라 고생하고……. 그래서 내가 미안해서
안식구한테 이제껏 욕 한 번도 안 하고 지냈어.
싸우긴 싸웠어도 욕 한번 안 했어.

그러셨군요. 지금도 마을에서 어머님과 아버님
잘 지내시는 것 같아서 보기 좋아요. 그렇다면
아버님은 결혼하시면 어떤 가정을 이루고
싶었어요?
　　결혼했으니까 식구들을 잘 먹이고 자식들 잘
가르치는 것이 꿈이었어. 나는 꿈을 이뤘어. 애들
다 대학까지 가르치고 결혼까지 시켰으니깐!
애들도 다 잘 키우고 손주들도 잘 컸으니깐
고만했으면 됐지.

자녀분들, 손주들도 잘 크셔서 바라실 게
없으시겠지만, 혹시 아버님 앞으로의 남은

인생에서 꼭 하고 싶은 게 있을까요?

　인자는 하고 싶은 게 없지. 이제 다 이뤘잖아.
가족 다 있고, 자손들 잘 있고, 지금 현재
증손주까지 있는데…. 그래서 가족들 다 모이면
30명이 넘어. 그래도 마지막으로 몸 건강히
있다가 요양병원 안 가는 것이 소원이라면
소원이지. 그리고 부부간에 이렇게 건강하게
오래 사는 거지. 자식들이 아무리 잘해줘도 다
필요 없어. 안식구가 옆에서 밥해주지, 아프다고
하면 약 사다 주지. 옆에 있는 사람이 최고야.

맞아요. 아버님, 어머님 두 분이서 건강하게 사는
것이 정말 중요하죠. 아버님 그렇다면 건강을
위해서 지금 하고 있는 것들이 있을까요?

　음…. 술, 담배 안 하고. 아프기 전에는 걷기
운동을 많이 했었는데, 지금은 허리가 아프니깐
많이는 못 해. 그리고 음식도 조금 먹고 그래.

그래도 아버님, 오토바이도 타고 다니시고,
경로당이랑 잘 다니시는 것 보면 아버님 연세에
건강관리 잘하고 계신 것 같아요. 지금처럼만
잘 드시고, 어머님과 잘 다니시면 건강하게
지내실 수 있으실 거예요! 아버님, 이제 시간이
너무 길어져서 힘드셨을 텐데 마지막으로 젊은

세대에게 해주고 싶은 조언이 있다면 한 말씀
부탁드릴게요.

아, 형제간에 우애하고, 부부간에 서로
사랑하고 그게 제일 행복이야. 가족끼리
화목하게 사는 거. 요즘에 결혼을 많이 안 하고
그러는데, 결혼은 해야지. 나도 태어났으니까
살아가는 거잖아. 혼자 살아서 뭐 해. 뭣이든지
짝이 있어야지. 혼자 고립해서 살 필요는 없어.
결혼을 해서 자식을 낳으면 직장 가서도 집에
바로 가고, 딴 길로 안 가지. 애기 한 번 낳아봐.
얼마나 귀여운데, 퇴근하면 그 얼굴 보러 가는
거야. 지금 혼자 사는 사람들은 불효야. 그리고
돈 없어서 결혼 못 하는 것은 절약해서 살면 다
살 수가 있어. 넘들 다 쓰는 대로 다 쓰면 분수에
안 맞지. 지금 젊은 사람들이 넘들 쓰는 만큼
많이 쓰려고 하니깐 안되는 거지. 분수에 맞게
살아야 해.

네, 아버님. 가족 간에 화목을 중요하게 여기시는
아버님 말씀 깊이 새기겠습니다. 긴 시간 동안
아버님 이야기 들려주셔서 정말 감사드려요.
다음에는 어머님 이야기도 들어보고 싶네요.
앞으로 건강하게 어머님과 오순도순 잘 지내시길
바랄게요.

안녕♡바오_내 어린 친구 바오밥 나무에게 | 박남준 지음

**지리산 자락 청한 바람 한자락으로 사는 시인 박남준이
펼쳐놓은 바오밥 나무와 애정행각 에세이**

마음에 푸른 나무 한 그루 품고 사는 모두에게 선물하는 성장에세이 『안녕♡바오』는, 생텍쥐페리를 고발하겠다는 저자의 '소송선언'으로 시작한다. "바오밥 나무를 무고한 죄, (그러니 그 죄를 씻으려면) 세상에 나온 모든 『어린 왕자』 책을 회수"하고 "하루빨리 잘못된 내용을 수정"하라고 목소리 높이는 데서 시작한다.
시인은 우여곡절 끝에, 그립고 그리던 바오밥 나무를 찾기 위해 마다가스카르행 비행기에 몸을 실었다. 마침내 바오밥 나무숲을 마주하고는, 실제 바오밥 나무는 생텍쥐페리가 『어린 왕자』에서 그렸던 '별들을 망가뜨리고 파괴하는 나쁜 나무'와는 다르다는 것을 확인한다. 시인은 마다가스카르에서 마주한 다정한 바오밥 나무에 매료되어, 호텔에서 만난 프랑스 할아버지로부터 씨앗을 얻어와 지인들에게 분양하며, 지리산 자락 동매마을에서 키우기 시작했다. '바오'라는 이름을 붙이고 사계절을 함께 보낸다.

"반가워, 우리는 모두 서로 연결되어 있구나.
별과 달과 해와 우주의 모든 생명있는 존재들과……."

책과 함께하는 그들

광주 〈예지책방〉

책방지기 진예지

봄이 채 도착하지 못한 이른 3월, 우리는 광주로
향했다. 예전에도 지금도 그림책과 함께하는
작은 책방, 〈예지책방〉을 목적지로 두고.
도착한 〈예지책방〉에서는 마침 한 학생이 그림책
한 권을 품에 안고 걸어나오고 있었다. "과제물로
사용하기 위해 구매했다"며 발걸음을 재촉한
학생은 근처 대학에 재학 중인 학생으로 보였다.
우리는 학생의 뒷모습을 잠시 보다, 책방으로
향하는 계단을 올랐다.
〈예지책방〉에 들어가기 위해서는 신발을 벗어야
했다. 딱딱한 신발을 벗고, 부드러운 슬리퍼로
갈아신는 행위를 통해 아마 우리의 굳은
마음마저도 사르르 녹았으리라.
텍스트 힙이 트렌드로 떠오르는 지금, 책이라는
매체가 유행하기도 하지만 한편으로는 AI와 같은
디지털이 크게 부상하고 있는 시대. 이 시대에
태어나고 있는 아이들은 보다 디지털 매체를
빠르게 접하고, 빠르게 스며들고 있다.
우리는 이번 만남을 통해 현 시대에 책에
대한 미래 전망, 책방 간의 네트워크를 비롯해
책생태계 전망까지 함께 나눠 보고자 한다.

예지책방

예전에도 지금도 그림책과 함께 성장

안녕하세요? 반갑습니다. 우선 책방을 운영하며
어려움이나 아쉬운 점, 또 이렇게 많은 그림책을
모아둔 〈예지책방〉에 방문한 독자들 이야기도
궁금해요. 조금 전에는 대학생도 오고 가고
하더라고요. 남녀노소 다양한 방문객이 많은
만큼, 에피소드도 많으실 것 같은데요. 우선은
예지책방을 열게 된 계기와 전망 먼저 이야기해
볼까요?

일단 그림은 나이에 상관없이 국적에 상관없이
통하는 언어잖아요. 〈예지책방〉이 2019년에
오픈했거든요. 딱 1년 됐을 때 코로나가
확산되고. 저는 원래 어린이집 교사였어요.
교사 생활을 4년 하다가 그만두고 여행을 많이
다녔는데, 특히 유럽 쪽에 배낭여행이 인상
깊었어요. 그곳은 책방이 일상에 녹아들어
있다는 느낌을 많이 받았었어요. 저는 어렸을
때부터 엄마(그림책연구소 노미숙 대표)가 그림책
활동을 하셨으니까, 집에도 그림책이 가득했고.
대학교 다닐 때도 방학 알바처럼 엄마
쫓아다니면서 보조강사 했었거든요. 그래서 내
몸 안에는 항상 그림책이 있었지만 이게 제 업이
될 줄은 몰랐어요.

마침 제가 여행을 한참 하고 왔을 때, 엄마께서
사무실을 이사해야 하는 시즌이었어요. "그림책

책방을 하고 싶은데 아무도 안 하겠다고 하네, 혹시 네가 해보면 어때?"라는 엄마의 제안을 받고 나서는, '그냥 이게 내 일인가 보다'라는 생각이 들었고 바로 책방을 준비했죠.

저희가 2019년도에 2월 23일에 개업을 했는데 2주 만에 문 닫고 볼로냐국제아동도서전에 갔어요. 두 번째로 방문했던 거였는데 그때 많이 와닿았던 것 같아요. 볼로냐국제아동도서전에는 정말 전 세계의 그림책들이 모이는데, 언어를 모르지만 그냥 느낌대로, 내 취향대로 책을 고르다 보면 다 세계적으로 유명한 작가님들이자 예술성을 인정받은 작품들이에요. 그런 모습을 보다 보니 그림이 주는 메시지가 크다는 걸 깨달았어요.

책방에 물론 아이들도 많이 오지만 방문객 연령대가 정말 다양하거든요. 유아 책이라고 적힌 보드북도 고등학생, 어르신들이 보고 좋아하세요. 그림책이라는 콘텐츠는 그런 힘을 가지고 있는 매체이기 때문에 저는 전망을 아주 좋게 보고 있어요. 연령대가 고정된 것도 아니고 국적도 제한없다 보니까. 저희가 볼로냐 아동국제도서전이나 외국 책방 갔을 때, 글을 모르니까 그림만 보고 골라서 첫 페이지랑 마지막 페이지만 번역기 돌려보고 마음에 드는 책을 골라요. 특히 유럽권에서는 이탈리아어나 독일어 전혀 모르니까 글자마저도 그림의 일부분으로 보이는 거예요. 그러니까 아주 어린 아이들이 글은 몰라도(내가 외국에 나가서 그림책을 고르는 것처럼) 나름대로 골라볼 수 있는 것이 그림책이라는 생각도 들고. 그래서 저희도 큐레이션 할 때 항상 첫 가치로 두는 건 '아이들이 와서 책을 고를 때 어떤 책을 골라도 그 아이의 삶에 긍정적인 영향을 줄 수 있는 책, 예술성이 높은 책'이에요. 큐레이션 할 때 이 기준을 가장 앞에 두고 책을 고르려 노력해요. 앞으로도 더 중요시될 것 같고. 저희를 찾아와주시는 분들이 그런 부분을 좋아해 주시는 거라 생각해요. 게다가 저는 전직(어린이집 교사)이 있다 보니까 아이들을 보면 일단 가만히 못 있어요. 막 챙겨주고 싶고, 가서 먼저 장난 걸고, 제가 아이를 좋아하고 예뻐하는 느낌이 있으니까, 부모님들도 그걸 좋아하시는 것 같더라고요.

어찌보면 제2의 돌봄의 장같은 느낌이 들 수도 있겠네요.
　　그렇죠. 뱃속에 있을 때 오고, 안겨서 오고, 걸어서 오고, 말하고 오고. 이렇게 아이들이 커가는 과정을 느낄 수 있어서 되게 좋아요.

연령대별로 특징도 궁금해요. 책방지기님이 보실
때 어떤 감상이 특히 와닿으셨는지.

저희는 무조건 부모님과 아이가 같이 오면,
무조건 '아이가 한 권을 고르게 해달라'고
제안하거든요. 보통 대여섯 살 넘어가는
아이들은 자기가 골랐어도 "그거 말고 다른 거
골라, 그거 저번에 봤잖아"하고 엄마 아빠한테
거절당한 경험이 많기 때문에, 두세 번 시도하고
계속 거절당하면 포기해요. 그리고 책을 안
보거든요. 그런 친구들은 맨날 이곳의 인형
만져보고 사탕 만져보고 막 이러는 모습을 보고,
저희는 부모님들께 그런 걸 제안해요. "아이가
어떤 걸 골라도 믿을 수 있는 책들을 엄선해
놓았으니, 기회를 좀 주시면 어떻냐"는 제안도
드리고. 그런 걸 몇 번 경험해 본 부모님들은
계속 찾아와 주시고.

그런데 저희한테 가장 귀한 손님이 2030
남성이거든요(웃음). 가끔 오시는데 되게 보기
힘들어요. 저희가 지금 7년 차 되는 동안 진행해
온 프로그램 중 딱 한 번 성비가 뒤집힌 적이
있었어요. 저희가 코로나19 전에 맥주 마시면서
그림책 보는 프로그램이 있었는데, 그때 딱 한
번 2030 남성분들이 과반이었고. 그 외에는

정말 귀해요. 작가와의 만남을 하든, 프로그램을
열든 행사를 크게 하든, 남자분들이 너무 없어서
'돌파구를 어디서 찾을까?'가 되게 고민이기도
해요.

그 당시에는 그 돌파구가 술이었네요.

  그렇죠. 그래서 언젠가 다시 그 프로그램을
해보고 싶어요.

  그리고 어르신들은 당신 추억이 묻어나는
책이나 감동적인 책들, 아니면 예쁜 꽃 그림들
보여드렸을 때 좋아하시고. 가장 공략하기 쉬운
연령대가 50대 이상이긴 하죠. 마음을 쉽게
열어주시더라고요. 이미 아날로그적 감성을 갖고
계셔서 그러지 않을까 싶습니다.

  10대 청소년들도 많이 만나는데요. 여자
친구들은 귀여운 거 보여주면 좋아하는데,
남자 친구들은 무조건 사랑 이야기 나오는 거
보여주고. 남고생 수업도 많이 하거든요. "나중에
연인한테 프러포즈할 때 이런 책 써라" 이런
멘트랑 같이 알려주면 좋아해요.

이 지역과 연계하는 프로그램도 하시고 동화책도
만드시는군요.

  네, 저희가 직접 책 만들기를 하진 않는데,

그림책이라는 매체 개념부터 어떤 걸 표현할
수 있는지에 대한 교육 부분은 저희가 맡아서
하는 편이에요. 그렇게 호남대 간호학과
친구들이랑 1년에 한 권씩 책을 만들었어요.
햇수가 쌓이며 5~6권 정도 만들고. 광산구청
지원 받아서 진행했어요. 그 친구들이 책을
만들게 된 시작도, 해외 봉사 준비에서부터
출발한 프로젝트였거든요. 아프리카 같은
나라를 가면 언어가 안 통하니까, 양치하고 손
씻는 교육 자료 제작이 첫 목표였어요. '그걸
그림책으로 만들어보자!' 처음에는 위생에
관련된 주제였는데, 조금 더 시선이 넓어져서
환경, 성평등 관련 주제로도 책 만들고요.
　〈예지책방〉 바로 옆에 진흥고등학교가 있는데,
이한열 열사 모교예요. 학생회 친구들이랑 역사
동아리 친구들이 매년 6월마다 마을에 이한열
열사 추모제를 열거든요. 마을의 교육 공동체,
저희 같은 단체들, 청소년들이 중심이 돼서
만들어요. 그때 그림책으로 워크숍도 하고.

그림책의 다채로움에 엄청난 매력을 느끼고
계시는 것 같아요. 활자만 있는 책과 그림책이
극명하게 대비되는 건 물론 글과 그림이겠지만-
그럼에도 이 책방을 운영하면서 느끼시기에

그림책의 차별성과 매력은 뭐라고 생각하시나요?

일단 진입 장벽이 낮아서 좀 쉽게 도전할 수
있는 것 같아요. 그런데 그만큼 편견도 있긴
하죠. 지금도 '애들이 보는 책 가지고 뭘 해',
'여긴 애들이 보는 책이잖아' 이런 말 밖에 나가면
많이 듣거든요. 그런 생각을 가지고 오시는
분들에게 책 소개해드릴 때 마음 열리고 그 벽이
허물어지는 걸 보면 되게 쾌감을 느끼고(함께
웃는다).

(미소 지으며)역시 아직 어린이집 교사의 면모가.

(웃으며)네, 무장 해제시켰을 때 되게 쾌감을
느끼고. 그림이 워낙 다양하고 독자들의 취향도
다양하다 보니 그에 맞는 그림책들을 찾아낼
수 있다는 점도 매력적이에요. '이 중에 네가
좋아하는 건 하나는 있겠지' 이런 느낌. 그런
게 좋은 것 같아요. 글 책은 우연히 발견하기
어렵다고 느껴지는데, 그림책은 우연히 발견하는
확률이 높다고 생각해요.

그림책연구소와 공간이 결합된 형태인데, 독립
생각도 있으신가요?

완전 독립은 아니고요. 지금은 연구소가 7할,
책방이 3할이었다면 이걸 역전시키려고 해요.

책방을 조금 더 키우고. 같이 이사는 가는데, 책방 안에 좀 연구소가 소속된 느낌으로 바뀔 것 같아요. (〈예지책방〉 공간을 가리키며) 책 판매하는 건 여기만인데요. 책방 행사를 하면 연구소까지 공용 공간이 되죠. 소장하고 있는 도서는 연구소 소장 도서가 훨씬 많거든요.

만으로 6년 동안 〈예지책방〉이 연구소의 품에서 브랜딩 되었는데, '이제는 책방이 커져도 충분히 운영되겠다'고 판단 들었던 순간은 언제였나요?

일단은 연구소와 책방이라는, 그 기관이 가지고 있는 특성상의 이유가 커요. 연구소는 우리끼리의 중심이라면, 책방은 계속 확장해 나가는 기관이다 보니 자연스레 흘러온 것 같아요. 그리고 연구소에 소속되어 있는 연구원 선생님이 각자의 직업을 갖고 계시는 분들은 완전히 소속돼 있는 건 아니거든요. 그에 반해 저는 여기에 모든 걸 쏟아부을 수 있는 편이라 조금 더 빨리 그런 판단이 서지 않았나 싶어요.

연구소 노미숙 대표님은 지금 제주로 출장가셨어요. 저희한테는 2월 말~3월 초가 1년 중 가장 한가할 때거든요. 그때마다 외국을 가든, 제주에 가든, 서울에 가든 책방을 돌아보고 오는 편이에요. 그래서 저도 내일 제주로

합류하고요. 책방 위주로 돌면서 책 생태계가
어떻게 변화하고 있는지 봐요. 서울 책방이 가장
빨리 트렌드를 반영한다고 생각해서, 저번주는
서울 다녀왔고 이번주는 제주에 갑니다. 특히
이번 출장은 저희가 공간 이전 계획이 있다
보니 책방들의 운영 방식들도 주의 깊게
살펴보려고요. 책방으로 잘 살아남는 비법!

물론 '연구소'라는 내부 움직임이 있지만,
외적으로도 이곳에 참여하는 사람들이 점점
늘어나는 거잖아요. 그렇게 연구소도 사실은
굉장히 중요한 발산의 기지 역할을 하고 거기에
깃들어 덕을 보는 게 많이 있었단 말이죠. 그런
부분에시 책방이 독립석으로 자립할 수 있는,
비즈니스로 좀 풀어낼 수 있는 좋은 조건이기도
했는데. 〈예지책방〉이 잘 살아남은 비법이
궁금해요.

　맞아요. 다만, 연구소와 함께 있더라도
책방만의 캐릭터를 따로 만들어내고 있었달까요?
그걸 의도하진 않았는데 그렇게 된 것 같아요.
　이번에 책방 이전 준비를 하면서 지금까지의
시간을 정리하는 중이에요. 지금까지의 책방이
해 왔던 길이나, 앞으로 뭘 하고 싶은지.
오래된 단골 손님들한테도 질문을 던져놨어요.

"선생님은 왜 여기가 좋아요?" 물어보고 답변을 모으고 있는 중인데요, 공통으로 해주시는 말씀들 중 '여기를 지키고 있는 사람이 보고 싶어서 온다'는 부분이 크더라고요. 그게 우리가 잘나서가 아니라 엄마가 가지고 있는 카리스마와 강단, 삶의 깊이가 느껴지는 것이 있고. 또 저는 아무래도 이쪽 동네에서는 보기 드문 젊은 연령대이다 보니까 제가 추천하는 새로운 시선의 그림책들이 같이 공존하기 때문이지 않았을까 싶어요.

그리고 광주에, 그림책 책방이 저희밖에 없어요. 좀 더 많아지면 좋을 것 같은데. 그런 점들이 이 책방의 색깔이 되어왔더라고요.

장르로서의 브랜딩, 그리고 협업하는 기관과의 움직임도 책방 브랜딩의 일부가 되어가고 있었던 거군요.

저희가 5·18 관련해서도 많이 활동하거든요. 아무래도 광주라는 곳이 가지고 있는 메시지가 있으니. 지역 문화와 역사, 예술과 문학의 만남. 그리고 1960년대생 엄마 책방지기와 1990년대생 딸 책방지기가 각자의 파트에서 하는 일들이 융합되기도 하고. 엄마는 기획을 하고 새로운 걸 만들어내고, 그림책과 접목하신다면 저는 미디어

쪽으로 많이 나가요. 라디오 방송을 한다거나
유튜브를 찍는다거나.

출판사들과의 관계나 독자와의 관계, 혹은 이
책방을 찾는 사람들을 대하는, 책방만의 독특한
방식이 있나요?

　방식이라기보다, 저희도 그들도 서로 '사람'이
좋아서 좋다고 계속 표현했을 뿐인데 그게
단단하게 굳어진 것 같아요. 출판사나 다른
책방지기들과 모임 하다 보면 저희를 신기하게
생각하시거든요. 그림책만의 뭔가가 있어요.
출판사와 책방과 독자 모두 가족 같은 분위기가
강해요. 엄마가 되게 오랫동안 인연을 이어오신
출판사 대표님들이 워낙 많았고, 제가 이 일을
하지 않았을 때도 막 쫓아다녔기에 저를 예쁘게
봐주신 것도 있었고. 그래서 부담될 때도 있지만,
다행히 꾸준히 예쁘게 봐주셔서 많이 협업하고
있어요. 게다가 광주 전남 쪽에 그림책 책방이
많이 없어서 출판사들도 전남권의 거점처럼
생각해 주시는 것 같아요. 그래서 전시라든지,
작가님 강의라든지 권역마다 한 번씩 돌게 되면
항상 저희를 생각해 주시고. 저희도 공부 겸 행사
있을 때마다 전국 쫓아다니며 참관하니 만남이
계속 이어지면서 서로가 끈끈해진 것 같아요.

멋진, 멋진
기막히게 멋진 여행
ALICE'S ADVENTURES IN WO
ALICE'S ADVEN
IN WONDER

저도 거의 혼자 상주하고 그림책은 특히 1인
출판사들이 되게 많다 보니 직거래를 많이
하거든요. 그래서 주문 넣을 때 자연스럽게
안부를 묻게 되는 거예요. 새 책 나올 때도
궁금한 건 바로바로 전화해서 책에 대한
이야기를 되게 편하게 물어요. 그렇게 들은
에피소드들은 독자분들한테도 재미있게
전달하려고 하고요.

때로는 공과 사를 넘나드는 관계가 돼버린 것
같아요. 제가 고민이 생기거나 대표님들께서
고민이 생겼을 때 막 1~2시간씩 전화 상담도
할 때도 있어요. 독자분들과의 관계도 그래요.
초창기 때부터 지금까지 가족처럼 지내시는
분들이 많아서 저희가 '운명 공동체' 라고
정의했어요.

그들과 우리는 운명 공동체다!

운명공동체 라는 말이 공감되네요. 어느 책방을
가나 지역 커뮤니티를 형성하고 연계하려고 많이
노력하는데 여태까지 본 커뮤니티 중 이만큼
가족 같은 느낌의 뭔가 공동체는 처음 보는 것
같아서 감명 깊습니다. 책의 미래, 특히 그림책의
미래는 어떻게 생각하시나요? 지금은 글, 그림
모두 AI가 다 만들어주는 시대인데.

그런데 그럴수록 결국에는 아날로그를 찾게 될 것 같아요. 물론 다수는 그쪽을 따라가겠지만, 그렇다고 해서 사라진다고 생각하지 않아요. 결국엔 다시 돌아와 종이책을 찾는 사람이 있을 거고, 그런 세상이 될수록 인간다움을 고민하게 될 것 같아요. 또 그림책은 그런 고민을 표현해주기 좋은 매체니까요. 한국 작가님들이 워낙 세계적으로 사랑을 많이 받고 계셔서 그런 영향도 받아 국내서도 굳게 자리잡고 있지 않을까요? 저는 엄마 덕분에 아주 어렸을 때부터 그림책을 접하며 웃고 지냈던 경험으로 지금을 살아가거든요. 주변에 출산 소식을 들으면, 그 발달 주기에 따라서 책을 막 보내주기도 해요. 제가 어린이집 교사를 했던 경험과도 잘 맞아서.

저희는 재난 환경에 구호 물품과 함께 그림책도 보내고 있어요. 그런 일이 있을수록 아이, 어른할 것 없이 더욱 책이 필요하다고 생각해요. 마음의 안정도 찾고 위로도 받도록. 그림책이 그 역할을 하는 것 같아요. 누군가는 "지금 책 볼 시간이 어디 있어, 그럴 정신이 어디 있어"라고 생각할 수도 있지만, 그것마저 없으면 불안한 상태로 살아가야 되잖아요. 그건 제 경험에서 나온 것 같아요.

이번 제주항공 참사 당시, 책을 보내드리진

못했지만 라디오 방송 원고를 바꿔 그림책을
낭독했어요. 원래 다른 책으로 원고가 마무리된
상태였는데. 희생자 중 방송국 기자님과 PD님도
계셨거든요. 같이 일하는 라디오 팀 작가님들과
PD님들은 동료의 죽음을 겪어도 방송을 계속
해야 하는 상황이라 많이 힘들어하셨어요.
그런 상황에서 처음에는 '도대체 내가 감히
위로랍시고, 어떤 메시지를 전한답시고 책을
고르나' 막막했다가 방송 전날에서야 겨우
책을 결정했어요. 방송날, 팀원 분들이 "그림책
읽어주신 시간이 위로가 되었어요", "그 시간을
통해 추모하고 애도할 수 있었어요"라고 말씀해
주셨어요. 그때 '이게 그림책의 힘이구나' 많이
느껴졌어요.

올해 5월이 되게 중요할 것 같아요. 저희도 5·18
관련해서 꾸준히 그림책과 교육 프로그램을
만들어왔고, 최근 한강 작가님 소식도 있으니.
『소년이 온다』를 광주의 서점에 와서 사 간다.
많은 분들이 이 지점을 좋아하시더라고요.
그래서 광주 책방들이 함께 으쌰으쌰 하고
있습니다. 뭔가 만들어보려고 하고요.

광주 책방 모임이 있나요?

예지책방 막 시작했을 때 모임이 있었는데요. 잠깐 흐지부지 됐다가 최근 다시 만들어보려고 움직이고 있어요. 한강 작가님 노벨상 이후로 광주시에서 '한강 문학관을 만들겠다'고 했는데, 작가님께서 "그런 거 짓지 말고 광주시민들이 책과 함께 살 수 있게 해주세요"라고 거절과 부탁을 하셨대요. 그제서야 시청에서 서점들에게 관심을 가지기 시작한 거예요. 저희들이 어떤 역할을 하고 있는지, 무엇을 하고 싶은지, 무엇을 할 수 있는지. 시청에서 책방지기들이 모여 이야기를 많이 나눴어요. 그러면서 '우리가 공통된 목소리를 내야 될 필요가 있겠구나' 싶어 모임을 시작하긴 했고.

그런데 그 과정 속에서 알게 된 게, 광주에서 5년 이상 독립서점이 저희 포함해서 여섯 곳밖에 없더라고요. 요즘 다시 생기고 있긴 하지만, 그 사이 오래된 책방이 이렇게 많이 사라졌다니, 되게 슬펐어요. 웬만한 내 철학과 고집 없이는 독립서점 운영하기 어렵거든요. 그러다 보니 뭉치기가 되게 어려워요, 각자 개성이 뚜렷하다 보니까. 같은 비슷한 시선으로 사회를 바라보고 비슷한 결은 가졌지만, 그 사이에서 조금 삐그덕거리는 것도 확실히 있어요. 광주도 이제서야 뭉쳐보고 있으니까. 그래서 5월 한 달

동안은 광주 책방을 하나로 잇는 프로젝트를
준비중이에요. 『소년이 온다』를 메인으로
5·18기념재단과 함께 해보려고 해요.

책방지기의 책 추천 코너

제가 아이들이 오면 제일 많이 받는 질문 중에
하나가 "이모는 무슨 책을 제일 좋아해요?"
이거거든요. 저는 항상 똑같이 대답해요.

"이모 좋아하는 책은 맨날 바뀌는데~"
이러면서 지금 좋아하는 책으로 그때그때 다른
책을 보여줘요. 그런데 인생 그림책이 뭐냐고
물어보면, 딱 한 권이 있고. 좋아하는 책은 진짜
매일매일, 매 시간마다 바뀌는 중이에요.

그러면 지금 실시간으로 책 추천해주세요.

아, 그것도 너무 많은데. 오늘 제 마음에 드는
책은… 진짜 매일 바뀌는데, 고르기 힘든데….
(다같이 웃음)

『어딘가엔 나의 서점이 있다』

그럼 이걸로 할게요. 저희 책방이 언젠가
이 책에 실리는 걸 목표로 삼았거든요. 외국
작가님이 쓰신 건데 전세계 책방을 모은 거예요.
한국 책방은 제주의 〈소리소문〉과 〈평산책방〉 두
군데가 들어갔어요. 저는 이 책 제목이 좋아요.
우리 책방을 찾아오는 분들한테 우리 책방이
'내 서점', '내 책방'으로 불리고 싶다는 생각이
들더라고요.

그리고 저희가 올 1년 동안 좀 주목하는 책이 두 권 있어요. 아무래도 올 한 해 우리나라의 키워드는 '민주 인권'이 될 것 같아요.

『멋진 민주 단어』

우리가 평소에 쓰는 단어들이 민주 인권적인 시선으로 바라봤을 때는 어떻게 해석할 수 있는지에 대해 작가님들이 "우리 이렇게 한 번 정리해보자!" 하시면서 만드신 거예요. 어떤 나이나 대상에 상관없이 우리가 지금 살아가고 있는 이 시대를 반영하는 사전이 되지 않을까 싶어요.

『요즘 어린이로 산다는 것』

이 책은 실제로 어린이가 책을 쓴 거예요. 어린이가 말하는 어린이 인권에 대한 이야기여서 어른들은 생각할 수 없는 그런 시선들이 담겨있어요. 어른들의 언어가 어린이의 삶에 인생에 너무 큰 영향을 미칠 수도 있다는 걸 느끼고, 어린이들이 살아가는 사회가 더 좋은 세상이었으면 좋겠다고 느껴요.

365일 추천하는 책, 〈오월서가〉

오월서가는 1년 동안 고정되어 있는 서가예요.

5·18 관련 책들을 365일 여기에 두고 있어요.
그런 상징성이 있는 서가라 여기에서 『씩스틴』
출간된 해의 5월 18일에 권윤덕 선생님과
출판기념회도 하고, 그 후 『봄꿈』 고정순
작가님도 북토크 하셨어요. 강의료는 절대 안
받으시겠다고 하셔서 기부했어요. 우크라이나
전쟁 막 시작했을 때였는데, 우크라이나에 살고
있는 고려인들이 광주 고려인 마을에 정착을
원한다고 신청하면 고려인 마을이 비행기 티켓을
후원하는데, 그 티켓값에 기부로 함께했어요.

3월의 광주는 아직 찬기가 가시지 않았더랬다.
인터뷰 끝에 우리는 '봄이 오겠죠' 따위의
말들로 서로를 격려했다. 마침내 4월이 지나고,
곧 올 듯하다가도 영원히 오지 않을 것만 같던
그 봄이 드디어 대한민국에, 광주에 차근히
내려앉기 시작했다. 여전히 추위에 떨고 있을지
모르는 우리 책생태계도, 끝내 고단한 겨울을
이겨내기를 바라는 마음으로 인터뷰를 마친다.
날씨는 아직 추웠다가, 더웠다가 오르락 내리락
반복하고 있다. 다만 어느새 꽃들이 흐드러지게
만개해 날리고 옅은 녹색의 새잎이 온 세상을
뒤덮기 시작한 것을 보고 있으면 나도 모르게
탄성이 터진다.

봄이구나.

Chaeg, Check
책 속에서 살펴요, 우리 삶

읽고하고쓰고, 펴내는 모든 일이 한꺼번에 일어나는 곳, 책마을해리예요. 바닷바람 소슬 흐르는 로컬 책공간, 책에 스며 머칠, 어때요?

책마을해리는 책 낳고 짓고 만드는 마을이에요. 누구나요. 30년 넘게 편집자 디자이너로 살아온 사람들이 웅숭웅숭 모여 정말 '누구나와 어울려' 책 이야기를 지어가는 곳이에요. 그 책 벗들과 어울려 어린이 청소년 청년에, 책마을 인근 주민들까지 읽고 쓰고, 펴내는 일에 호로록, 스며들어요.

고인돌부터 동학까지 문화 지층이 켜켜인 고창이라는 바탕에 바다 갯벌 같은 생태조건을 얹어 그 오랜 태를 밟고 보고 기록해 작은 책을 만들어보는 '출판 캠프' 책학교를 2013년부터 열었어요. 어린이청소년 들과 함께요. 청년들은 청년들대로 모둠끼리 기획부터 시작해 도톰한 책을 펴내기도 해요. 청년출판학교 책학교를 통해서요. 지역의 교사들과 배움책을 기획해 펴내는 일, 가까이 사는 '마을 아짐(아주머니의 여기말)'들 꼬셔서 시집도 그림책도 쑥쑥 내놓아요. 그렇게 함께 태어난 저자가 오천 명이 넘어요. 도서출판 기역, 나무늘보, 책마을해리, 이 세 출판브랜드 옷을 입고서요. 출판브랜드로 책마을해리는 그림책만 내어요. 고인돌 이야기부터 갯벌 이야기, 암각화 이야기며 바다 유리알갱이(씨글래스아트) 그림책까지 책들이 모이자, 2023년 봄부터 이탈리아 볼로냐북페어에 참가하고 있어요. 행성지구 그림책 사람들과 우리 그림책 이야기를 나누고 있어요.

해리는 책방을 통해 공간 안으로 들어가요. 〈책방해리〉와 〈달콤한책〉 카페를 지나면 책 구조물이 흩어진 책뜰이 펼쳐져요. 마법 빗자루가 놓인 〈책숲시간의숲〉부터 활자와 한지(종이) 공간이며 그림책원화, 마을아짐 작품들 전시하는 〈갤러리해리〉, 책 들고 들어가 다 읽어야 풀려나는 〈책감옥〉, 책마을해리 모든 만화책을 모든 〈만화공방〉, 봄소식 제일 먼저 물고 날아오는 〈버들눈도서관〉에, 나무위 집 〈동학평화도서관〉, 부엉이 모양 2층 조형물 〈부엉이생태도서관〉으로 이어져요. 가족 연인이 묵는 북스테이부터 30~40명 친구들이 책학교에 와 머무는 도미토리 〈동재〉〈서재〉가 있어요.

봄시즌 어린이가족주간, 여름시즌 각종 책학교, 가을시즌 책영화제와 생태예술제, 겨울시즌 각종 책학교로 책마을해리와 길게 기일게 만나요.

책마을해리 picturebook village
070-4175-0914

청년출판학교
학생 모집

대상 18~39세 청년

장소 책마을해리(전북 고창)

아침 읽기(몸, 책)와 밤 쓰기 루틴 채우기
로컬투어, 로컬 읽기와 쓰기
읽기쓰기펴내기 바탕 다지기
출판사 책방, 창업 키워드 접근
자신의 원고로 매개진 출판하기
그리고 쉼, 멍, 삶의 태도 늘어뜨리기
자세한 정보는 하단 QR코드 참고

5월 23~25일 봄시즌 진행 이후
여름시즌, 가을시즌도 진행할 예정이니
놓쳤을까 걱정 말고 지금 바로 참가신청 QR코드에
접속해보세요!

참가신청

vol.1
2025 봄

마중

2025년 5월 20일 초판1쇄 발행

글 홍주은 허유나 이우현 신혜진 손가빈 김진영 김문무
책임편집 열음
편집 무 녕
디자인 열음 파도

펴낸 곳 낮(도서출판 기억)
출판등록 2010년 8월 2일(제313-2010-236)
주소 전북 고창군 해리면 월봉성산길 88 책마을해리
    경기도 파주시 회동길 363-8 출판도시
전화 070-4175-0914 | 전송 070-4209-1709

© 낮(도서출판 기억), 2025

ISBN 979-11-94533-07-8 (03810)